走過那遙遠的路
荷悅

目錄

自序

閱讀劉再復著作的《紅樓夢語》後，對他描述作家各自有寫作目的尤為深刻，而他認為：「最高境界的寫作，是為了消失——為了給生命的消失留下一聲感慨，一份見證，一曲歌哭，一種紀念。」

有些經歷大起大落的苦難，心靈受過大震蕩與大折磨的人，因生活上各種折騰與磨練，把人性看得份外通透，表達於他們筆下的文章，有反思意識，有文學深度，含有徹悟及哲理養份。

英國詩人柯勒律治（Samuel Taylor Coleridge）這樣形容懂得寫作的人，他說：「天才的人首要價值，就是他能把見慣的事物如此表達出來，使他們能夠在人們的心目中喚起……清新感覺。」

法國學者狄德羅（Denis Diderot）說過：「沒有感情這個品質，任何筆調都不能打動人心。」

然而平凡的人，也各有著與別不同的人生經歷，那些是獨特的，是源於蘊藏在活生生的事蹟裏，都值得一記。平凡人的文章不需要奢侈的辭藻、矯飾的技巧、堂皇的腔調，作者只需在平凡的事物中，透過生活中的普通現象，看到蘊含著的人生及社會意義，直接抒發的情感，也可成為切入心靈的作品。

這十一篇文集得以面世，全賴對我生命有影響的人，推動儲存在我腦海裏的意念，釋放潛藏的人物，將之活現於字裏行間當中，那些包括了我在美國生活上的點滴、特殊經歷、身邊人物、故事及遊歷等等。

為留給消失生命的見證，推動平凡的我完成這部作品。在我平凡又有少許漣漪的人生中，值得我感激的人及懷緬的事有很多，有些人我來不及道謝已經離去，包括我慈祥刻苦耐勞的母親，愛護子女開明的父親，我要把這文集獻給在天國的他們。

借著這次珍貴出書機會，藉此多謝對我無比包容及尊重的丈夫及女兒，讓我獲得心靈安穩的弟妹，給予我歡樂時光的朋友，還有手執這文集的每位讀者。

荷悅

第一輯　走過那遙遠的路

走過那遙遠的路

不一樣的童年

禮頓山前，層樓高建，
我們的學校，我們的學校，
春秋皆日好風光，
紅紫萬千，紅紫萬千，
小兄弟，小姊妹，
大家手挽手，同遊作業，相親相愛樂無邊。

年幼時，愷寧家住銅鑼灣禮頓山道。就讀小學時的校歌，她依然深刻銘記。對她來說，那歌曲是何等音韻柔揚，歌詞是無比簡單易記。

愷寧家境不錯，一直過著無憂無慮的日子。年紀輕輕的她已經有個小肚腩。由於面容飽滿，別人容易忽略她那鵝蛋型面孔上，還有一對笑靨可愛迷人的梨渦。雖然稱不上瓊姿花貌，但勝在肌膚嬌嫩白皙，明目皓齒且天資聰穎，還兼備端莊秀氣的外表。因此，甚得家人疼愛，但她偶爾的淘氣頑皮，又往往令人束手無策。

愷寧家裏的書架，總是放滿了不同類型書籍，包括翻譯小說——《根》、《簡愛》、《茶花女》、《小婦人》、《老人與海》、《戰地鐘聲》、《傲慢與偏見》等等。陪伴著她成長的那些書籍，如河裏流動著的冰塊，在她感覺跌進黑暗無助的境況時，活像顆顆閃爍著白光，一直鼓舞著、照耀著。

也許那些書籍中的故事細節，不少已被她遺忘。但可以肯定的是，很多書中人物和作者想要表達的訊息，已經沉潛在她腦子裏，成為無形的書庫。

小時候，愷寧的父母都忙於工作，和父親溝通其中一種方式是寫便條。她對父親的字體非常熟識，亦非常欣賞他所寫字體工整、力度十足、剛陽氣重的書體。

不管是颳風還是下雨；不管是嚴寒還是酷暑，在無數日子裏，愷寧都是在盼望與等待父母的歸來。「等待」成了她兒時的習慣。等待不是讓時間白白過去，它還包含了無數盼望後的失望，她日漸學懂接受它。

在童年時代，愷寧總幻想當個漂亮天使，張開寬大翅膀飛越，飄起長長秀髮，手拿起魔棒在人間四處變法。在現實中，她的頭髮卻被修剪得像個小男孩，在她父母眼中，要求的不是一個婉弱嬌柔女兒，而是性格剛強硬朗，能夠在逆境下也可自強的人。

珍姐

愷寧家裏的傭人名叫珍姐，珍姐面部表情總是硬蹦蹦，笑容欠奉又冷若冰霜。她從不會談甚麼人生道理，話兒只圍繞在狹小的家務上，好像認同自己天生下來便是幹女傭職務。她有著無窮的精力並可從日常工作顯示出來，如每天工作至晚間時分，待所有精力都消耗盡才會甘心躺下來。

珍姐沒有像當時一般俗稱大襟姐般留著長辮子，而是直髮齊耳。她有略長的國字面型，眉毛粗大而疏落，眼白總是渾濁不清，鼻孔像牛鼻般脹大而外露，皮膚是暗暗黃黃，雖是中等身型但關節有如習武人士般健壯。上身永遠穿上淺灰色大襟衫，下身則是闊腳黑色褲，五十多歲仍然健步如飛。聽說她和弟弟自小在孤兒院長大，唯一的弟弟並不長進，珍姐要經常接濟他，但她從不會招惹弟弟到主人家裏來，說到底人情世故她還是懂得的。

珍姐算得上是半個打工皇帝，她不喜歡聽人家善意批評，間中會駁嘴，但深明只可一句起、兩句止的道理。

有一天不知從哪裏跑來了一隻花貓，在大廳窗下不停地叫囂了半天，珍姐用盡方法也趕牠不走，最後她從浴室裝了一盆清水來，迎頭當臉向小貓潑過去。天啊！當年香港正鬧水荒，四天才供水一次，每次四小時，她這樣浪費食水，當然是要捱罵。長輩才罵了兩句，她竟然離家出走。到了當天晚上，珍姐又會裝得若無其事回家去。

每次珍姐出走，愷寧會異常高興，因為飯菜沒人弄，全家便會出外享用豐富晚膳，他們最愛去的便是附近那間鳳城酒家，每次大廚都會替他們拿主意，煮出時令菜餚，令一家人大飽口福。

珍姐除了性情有點古怪，間中駁上幾句嘴，久不久離家出走外，她也有不少優點，要不然怎能待在一個家庭那麼久。在愷寧印象中，珍姐很忠誠、認真、勤力，家裏總是井井有條，無論是烹飪、打掃、洗燙、縫紉，她都很用心。除了星期日早上去教堂外，她從來沒有放過假。

每星期珍姐也會呈交一份開支報告表，字體很工整，支出數目也很詳盡，從未試過被人質疑她表列上的支出數額。

當年還未流行免漿燙衣服。珍姐會先把清洗乾淨的衣服，放進與粟粉開稀的水中，然後不停將衣服與粟粉水混和，再用水清洗幾遍。經過多重洗衣步驟，衣服燙起來會十分廷直，衣袖和褲身也現出行行的線骨來。她總把愷寧的校服燙得貼貼服服，皮鞋擦得很光光亮亮，讓她每天很神氣地步行上學去。

每次煲好湯水後，珍姐會端起一至兩湯匙在碗裏，然後把湯水在碗內蕩幾圈，直至溫度降低，才從廚房拿去給長輩試飲，期間鹽的分量由少增多調校，直至味道令長輩滿意為止。

愷寧喜歡偷看珍姐做的白飯魚煎蛋，每隻是茶杯直徑那麼大，尺寸相若的魚煎蛋十分香口美味。最令愷寧倒胃的，要算是眾長輩公認為有益的柚子皮炆蝦米。那些厚厚的柚皮，雖然吸收了不少蝦米汁料，但仍然帶有苦澀味，咀嚼起來像海綿般韌黐黐的，往往整頓飯都要應付嚼在口裏的柚子皮。那些柚子成熟的季節，便是愷寧倒胃的季節。

珍姐經常為紅木地板打蠟，她先把蠟油塗勻在木地板上，然後把一塊厚厚的絨布，放置於笨重的打蠟手推機與地面之間，然後不停前後推拉直至地板發亮。在那個年代，不是一般家庭可以負擔屋裏鋪上實心紅木地板，更何況要有一個像珍姐般，那麼孔武有力的人為地板辦事。

凱寧認為值得記下來的往事太多，但能記起的往事又太少；那些頑皮任性的時間太多，體諒珍姐的時間實在太小。勤勞的珍姐，在一眾年齡相若的長輩中活到最後，可能她一生都在工作中渡過，而工作也許是她充滿活力的來源。

童年的抽屜

重重疊疊上瑤台，幾度呼童掃不開，
剛被太陽收拾去，卻教明月送將來。

這是蘇軾一首詠物詩〈花影〉。蘇軾借花影抒發無可奈何的心情。淺白中表達了深刻的哲理，世事諸事如花影一樣，無法消除，也無計避開。

作為普通人，也許有更多無奈，無奈於永遠逝不了的過去，無奈於永遠留不住的現在。過去，像存放於腦海裏排排的抽屜，而每個抽屜裏，放置著無數不同年代的舊日照片。

小時候，凱寧除了在家溫書外，家人還會為她定期訂購兒童刊物，可惜她永遠不能隨心所欲，像其他小朋友任意往街上亂跑。

她日常所穿著的衣服，有專人安排從百貨公司購買，或是由裁縫負責度身訂造供應。家中的衣櫃裏，沒有一件她是不滿意的。

有時候她要抽出一些課餘時間，學習針黹手藝，不是為了日後縫製衣服，而是假若從外頭買回來的衣服，斷了線步，或是鈕扣掉了下來，她也懂得如何修補，不需假手於人。最重要的是，父母認為女兒家，學習針黹手藝是基本需要。

在開始練習時，愷寧會在一塊長形絨布上，學習應用不同針黹方法，如挑褲腳或裙腳的。若效果不理想，會在同一絨布上不停地練習，直至效果滿意為止。不但如此，凱寧還要學習如何在各種物料上，釘上不同款式的鈕扣，熟習如何不露出線口之餘，又可把鈕扣牢牢固定下來。

在挑裙腳和褲腳「滿師」後，更要學習使用鉤針，先是一字花、繼而是人字花和貝殼花，製成品種類繁多，有頸巾、冷帽、手袋、背心外套等等。

不速之客

在一年冬季裏，天氣特別寒冷。過年前，裁縫把幾件剛做好的棉襖送到愷寧家裏。她那件粉紅色對襟夾襖長袍，領口、袖邊、鈕釦，都滾上棗紅色軟緞細邊，這件新衣令她高興了一段日子。

沒多久她那愉快的心情，被突然造訪的太婆徹底破壞。有一天晚飯時分，太婆從位於跑馬地的居所，被家傭四姐細心地扙扶著到她家裏來。

太婆年約八十，那過分鬆弛的面部肌肉，已經掩蓋真實的面型來。不知從哪天開始，她臉上的老人斑點愈長愈多，把原有的膚色徹底遮蓋著。

太婆頭髮通白，偏又愛用髮簪束髻，好讓長長雙耳掛著的一對翡翠耳環，明顯露於人前。令人咋舌的是，耳珠被這兩顆經年累月墜下來的翡翠，弄致險被分割開。

太婆不會因為聲線沙啞而噤若寒蟬，罵起人來仍是字字鏗鏘有力。這老人家又會不時皺眉蹙額，瞇著眼睛望向前方，讓人猜不透她的心思。雖說是薑愈老愈辣，酒愈陳愈香，她畢竟年事已高，過往的氣勢已經不再復來。別的不說，如今她走路有如嬰兒學步，只可蹣跚而行。幸好她有的是福氣，在四姐那體貼入微的照顧下，仍能維持所餘無幾的霸氣。

晚飯時，不輕易開口的太婆，刻意稱讚愷寧一句：「真乖巧。」她聽了沒半點高興，感覺這隻老鷹開始在自己的頭上盤旋著，心中有種不祥之兆。

到了第二天，有兩個搬運工人，不斷進出她的房間。原本放置在中央的木牀，已搬往窗邊。在另一窗戶下，多放了一張酸枝牀，牀邊有茶几，几上有座古董鐘，雕刻精美的樟木櫳則放於酸枝牀尾。

偏廳內多了兩張酸枝椅，是從太婆住處搬過來的，聽說是太婆至愛。當一切安頓後，太婆和四姐便搬了進來，從此太婆便與愷寧同房。

與太婆同房的第一個晚上，恐怖事情便發生。睡至半夜時分，凱寧被一些古怪的聲音吵醒，在朦朧的月影下，她依稀看見頭髮蓬鬆的太婆，把半身伏於牀邊，雙腳半垂向地，她那下牀的動作實在嚇人。這種每晚突如其來的驚嚇，足以令凱寧寢食不安，原本屬於她小天地的房間，已經不再一樣。每天放學後，她都不願回家去。

幾十年前的社會與現今不同，生活簡單純樸，地方治安良好。因學校與住所很接近，從小學一年級開始，家人已允許愷寧自行往返學校。不過，由於家教甚嚴，除非有合理解釋，否則半小時內她必定要返回家裏。

自小已經鬼馬多端的愷寧，這三十分鐘可多活動了。她那小學的位置，坐落於跑馬地與銅鑼灣之間。放學後，住跑馬地的同學會往右邊走，住銅鑼灣的便往左邊走，愷寧和一個住跑馬地的同學，兩邊都不走，只往中間走，她們走到位於中間位置的士多去，然後各自買一瓶維他奶，再加一包薄脆，吃到半飽後把嘴巴抹得乾乾淨淨才匆匆回家去。

當然不是天天可以喝維他奶，沒有去士多的那些日子，愷寧便獨自往樓下附近的書店打個轉，看看有沒有新出爐的香味擦紙膠，或其他標奇立異的文具。若有甚麼心儀產品，她回家後會在畫簿內憑記憶速寫下來，作一種已經擁有的遐想

愷寧還想到一個好去處，便是往保良局那裏跑。她覺得保良局是個很神秘的地方，聞說住滿了孤兒。那些年，她每天上學都會經過那處，對那裏充滿了好奇。

當時保良局的大鐵閘門是經常打開著，只要走過一段小斜路後，便會到達保良局的中心地帶，那裏有座吸引愷寧的水池，她經常獨自跑上去，在那水池邊，看看在混濁池水裏游來游去的小魚。她曾經期望一些孤兒會從院舍走出來，向她細訴他們的故事，但這些事從來沒有發生過。

有一天，愷寧又往保良局去，當準備坐下來的時候，遠處有位大叔呼叫著說：

「小朋友，別走近水池邊，池水深得很，跌進去準沒了命。」當年的她，也許是太天真，聽到有人這樣說，以後只敢老遠看著那個曾令她流連忘返的水池。而且她怕得幾乎要運路轉，好像行近了，便必死無疑，自始放學後都帶著一點失落回家去。

誰知有一天，她看見大叔站在水池中央，像是在清洗池底。及後才發現，原來水池的深度，只到達他的膝蓋，愷寧感覺被這位大叔欺騙得太久太深了，心靈一下子都不能痊癒過來。

士多、保良局、香味擦紙膠，都帶給愷寧不少動力和甜美回憶。至少，她可以暫時忘記嚇人的太婆和橫行的珍姐，但始終家是不得不回去。

雖說太婆的入住是暫時性安排，可是愷寧覺得所有人都在欺騙她。太婆搬來的時候，正值深冬時分，愷寧暗地裏翻開她牀尾的樟木櫳，發現裏面有多套夏日穿著的紫雲紗，這透露了她並非短暫作客。

自從太婆和四姐入往後，一向潛伏在珍姐裏面的本性畢現出來，她的態度愈來愈囂張，她會久不久離家出走半天，現在她經常向比她年長的四姐發號施令，怕事的四姐永遠只能逆來順受。

無言地消失

過了大概兩個多月。有天愷寧放學回家，太婆已經失去縱影，原來太婆已被送往醫院，過了數天便去世。

那陣子，家人都忙著出殯的事宜。一天黃昏時分，愷寧的爸爸帶著她，踏進殯儀館的靈堂，那裏沒有感人的場面，只有恐懼的回憶。當年她已領會到，死亡並非遙不可及。太婆最終安葬於九龍城華人永遠墳場，與太公的山墳遙遙對望。每年清明時節，她們一家都會前往掃墓拜祭。

在清明節掃墓途中，還未到達墳場入口之前，沿路上已經分佈著大大小小擺賣鮮花的攤檔，薑花多的是。由於這個緣故，令愷寧一輩子受不了薑花的氣味，嗅到這種氣味，有如置身於墳場，而墳場是一個充滿複雜回憶的地方。

墳場四周，總集聚一批十來歲的男孩，他們左手拿著紅、黑油，右手抽著水桶，從入口處一直跟隨著掃墓者。那些兒童穿著簡單衣服，腳踏塑膠拖鞋，與愷寧光鮮的衣著，和擦得亮亮的皮鞋，恰巧成為對比。

那班孩子，要是誰被人選中了便走運。那些被選中的，需要全程跟隨著掃墓者前往安葬先人的山墳。每到一個墳前，男孩會先把帶來的水，倒入三合土水泥花瓶，再替掃墓者插上帶來的鮮花，之後小孩會用紅油，塗於刻在墓碑的十字架上，然後再用黑油，把褪了色的碑文填上黑色。

愷寧要拜祭的山墳有三個之多，而且坐落於不同方位、不同地段，因此長輩會預先發放金錢給那個一直緊隨的男孩，吩咐他在家屬離開後，要在每一個先人墓碑上，分別加添紅、黑漆油。這工序除了表示對先人尊敬之外，還給予後人一種更新的感覺。

過往任何一個被選中的男孩，都會依足吩咐，從沒有讓人失望。他們記憶力非常驚人，當時在沒有紙筆作記錄下，依然分得清各山墳坐落的位置，並將工作辦得妥妥當當。當年那些小子，都是吃得苦、捱得罵。那時為墓碑添加漆油的人工價大約是十元八塊，若一天內能接上幾宗生意，收入算是不錯了。

那班男孩子大部份來自九龍城寨，他們所散發的活力，把本來孤清的山頭添上幾分朝氣。

自太婆離世後，她的遺照便擺放在偏廳的風琴上，被壁燈的微光殘照著。她的遺物早已搬走，可是那茶几及古董座鐘，仍留於愷寧房中一角。每晚夜深，滴答的鐘聲會特別響亮，令她不寒而慄。

某個清晨，愷寧終於按捺不住。心想，反正人生在世，如何也要辦幾件糊塗事。她故意把古董座鐘往地一掃，鐘面即時現出一道裂痕，裂痕呈弧形，由十二點延伸至三點。自此座鐘被移往客廳當眼處，作為一種懲罰，一種起提示性的教訓，那一條不可修復的座鐘裂痕，亦代表了愷寧反叛行為的標誌。

太婆過身後，家人安排四姐往一位親戚家去當傭人。那單身的親戚剛好退休，家處北角，住所周邊環境不及禮頓道的好，幸而單位很寬敞，裏面有三間睡房，工人房則面對正門入口處。

以往愷寧和她的家人偶爾會到那裏拜訪。她喜歡偷偷跑進那面向內街的睡房去，房中布置如外國電影中那樣舒適簡約，坐在那張厚厚的彈簧牀上，她會使勁地搖晃著，或調皮地上下彈動著。誰知那個地方，日後對她有著非一般的意義。

斷臂的牧師

自從一年級開始，每逢星期日，愷寧也前往銅鑼灣一間教堂上主日學。教堂建築宏偉漂亮，主日學老師會不時帶同學外出遊玩。愷寧對於那些曾經遊玩過的地方已經印象模糊，只記得曾去過淺水灣。她仍保留著兩張珍貴的黑白相片，當中拍下一男一女主日學老師帶同十五位同學在淺水灣畔留影，相片中各人皆穿上六十年代服式，充滿懷舊味道。

主日學與普通學校無異，每年也會舉行考試，頭三名還可上台領獎，勤力又聰穎的愷寧總會得獎。每年能夠獲獎，理應開心，但現實並非如此。當時愷寧的父親認為，拿些未必合用的東西回家，等如浪費資源，因此，她的父親要求主日學老師，將禮物折為現金作愷寧儲蓄用途。為了偽裝上台領獎，珍姐會仿製一份假禮物帶回教會作頒獎之用。

這是個無可反抗的安排，耐何愷寧的心理，就是不能平衡過來。每次拿取沒有禮物的禮物後，她總好奇那些真正的禮物會是甚麼樣的，這個疑問也成了她心裏的結。

在每個主日學空檔期，愷寧會跟隨家人，到上環某間教堂聽道，教會內幾乎全是她早已熟識的人物。到埗後她要向各人逐一問安，陳姑娘、李叔叔、馮姑婆、蘇師太……都要說聲早，可是他們就是欺負愷寧年紀小，連回應她也提不起勁來。

教會內有一個人，令愷寧覺得無比親切，他便是張牧師。他離遠看見她，已經露出親切的笑容。他記得愷寧的名字，每次說她又長高了，還記得她不用上主日學時會前來參加聚會，哪怕只是說上幾句話，愷寧看得出，牧師從來也不敷衍她。

對她來說，有些人好像天生是來愛護她，而有些人是注定要來敷衍她、教訓她。那時愷寧多麼希望牧師用手拍拍她的頭，稱讚她乖巧，好讓其他人也會發現她的存在，但牧師無法這樣做。

在長長的牧師袍下，張牧師右手總拿著一本厚厚的聖經，在長闊手袖內的左手永遠垂垂而下，那是一隻假手臂，而假的手掌會在手袖下露出一半來，是啡黃色又略帶點青綠。可能是膽子小，愷寧總不敢多看，但牧師這麼仁慈，那想法又叫她內疚不已。

張牧師外表很平凡，除了他那斷臂外，沒有甚麼顯著特徵。他有一般人的鵝蛋臉，面色啡黃，有少量雀斑；眼睛細長，令人觀察不到眼球在何時轉動。在寬大的牧師袍下，難以捉摸他真正的身型體態。

愷寧最深刻是牧師臉上某種視覺表徵。儘管他不時向前來的教友報以微笑，但他從不會放聲大笑。靜默的微笑裏卻含有憂鬱的神態，而微笑與說話時空是分隔著的：微笑時不會說話，說話時微笑便自動消失。

除了講道，張牧師大部份時間都保持沉默。沉默往往被公認為是一種處世哲學，是一種藝術。他絕少提及有關私人生活，當然沒有人知道他失去左手的經過。不過，這缺陷並沒有減損別人對他的尊敬和愛戴，有些教友在去世後，會將部份財產捐贈予教會作擴展之用。

因為牧師那一點和藹、真誠、仁慈，愷寧把他的面容、呼叫她名字的聲線，甚至頭髮如何的斑白和稀疏，全都牢記在腦裏，且因歲月積累而變得深厚。

牧師沒有看著愷寧成長，愷寧亦沒有看著牧師衰老，這就是命運安排。幾年之後，愷寧再沒回那所教會去。

對面窗的同學

由茱莉安德絲（Julie Andrews）和基斯杜化龐馬（Christopher Plummer）主演的《仙樂飄飄處處聞》，當年連奪東尼獎及奧斯卡多個獎項。

電影中亦出現多首經典名曲，有

The Sound of Music
My favorite Things
Do Re Mi
Sixteen Going On Seventeen
The Lonely Goatherd

電影在六五年上映，當年住在愷寧對面單位的，有位名叫銘心的同學，在電影上映那個週末，銘心已經急不及待要求祖母帶她去看。到了第二天，她帶著興奮的心情回校告訴愷寧，那部電影好看得很，電影插曲又十分動聽，愷寧要求銘心哼幾句聽聽，銘心只記得其中一首‘Do Re Mi’，愷寧感覺那歌實在太棒，要求銘心為她把歌詞寫下來。

當天回家後，愷寧在窗前呼叫銘心。她們睡房的窗門，正好是相對著，雖然有一定距離，但彼此不時會淘氣地隔窗大聲交談。

當銘心完成‘Do Re Mi’手稿後，便捲成一個紙球，向著愷寧的窗口飛過去。可惜眼界太差總是對不準、飛不中，如是者造成大廈間的內庭滿佈了一大堆紙球。最後她們決定將上半身伸出窗外，試圖學習長臂猿親手把歌詞直接傳送。

當大家正沉醉在空中傳遞法這玩意之際，誰知大廈清潔工人已步步逼近，由於她們心裏混集了興奮和驚恐，愷寧和銘心伸了出窗外的大頭，連同那對大耳朵都擠在窗花之外，心裏愈是焦急，頭顱無論怎麼轉動也轉不回來。待得及時脫身之際，她們那兩對大耳朵已變得又紅又腫了。

歌詞是收到了，但愷寧開心不到哪裏去。可能銘心年紀尚小，英文程度有限，所寫的歌詞夾雜著中英詞語，令她啼笑皆非。

‘Do Re Mi’，是愷寧第一首接觸的英文歌曲。因為有新鮮感，加上歌曲旋律輕快動聽，因此她一直都牢記著！

Doe, a deer, a female deer
Ray, a drop of golden sun
Me, a name I call myself
Far, a long, long way to run
Sew, a needle pulling thread
La, a note to follow Sew
Tea, a drink with jam and bread
That will bring us back to Do
Do—re—mi—fa—so—la—ti—do
So—do!

銘心長得極其標緻，除了擁有洋娃娃般的長眼睫毛外，更有一雙明澈機靈的眸子，前額有一些瀏海，黑油油的秀髮垂在肩後，連美人兒的桃腮杏臉她都擁有了，說起話來大方得體，聲線又格外甜美，長大準是一位驕俏人兒。

銘心是台山人，家中還有一個弟弟，平日由祖母照顧。弟弟名叫俊心，年紀輕輕已戴上一副深近視眼鏡，剪了陸軍裝髮型，更突顯他那發育不健全的瘦削面孔。他們家中布置簡約，全是生活中基本的傢俬用具，沒有甚麼裝飾擺設。那放在組合櫃上的電視機經常有待維修，因此倆姊弟在週末傍晚時分，喜歡跑往愷寧家裏去，作客目的是來觀看他們喜愛的兒童電視節目。

當銘心和俊心上學時分，祖母每天都會穿上黑緞子寬博大襟套裝往住宅休閒區內跑。她喜歡拿著葵扇，操著台山口語，與一眾年齡相若的老人在那裏風花雪月，足跡縱橫了整個區域。

祖母年過六十，身型高大，過時半捲的灰白短髮在空氣中無力地散開，不注重外觀的她已開始雙腮鬆馳，嘴型需大也藏不住發黃的牙齒。祖母並非省油的燈，誰要是開罪了她，誰也不會有好日子過。

愷寧發覺那祖母骨子裏並不喜歡她，每次當她們相遇時，祖母會故意給她鄙夷的神色看，像是要警告她，以後再把紙球亂拋的話，教訓她一定少不了。

自從銘心與愷寧成為鄰居後，她從未見過她的父母。久不久和祖母搭訕的珍姐，曾提及銘心的父親是行船的，而母親是某百貨公司的售貨員，奇怪的是他們怎麼都不愛回家。令愷寧更覺奇怪的是，銘心和俊心從未提起過父母，好像缺乏父母的愛是理所當然。

不尋常的家，往往會發生不尋常的事；那些不尋常的事，又會涉及圍繞著那些不尋常的人。愷寧在某個熟睡的夢中，隱約聽見清脆的門鐘聲和短暫篷篷的敲門聲，隨後又跌返夢鄉裏去。

在第二天清晨，當愷寧走經偏廳時，瞟了一眼便發現有一女子睡在米白色的四人沙發上。雖然那女士身上蓋著毯子，但仍可見擁有窈窕身段，那側身向下的臉龐，眉宇間隱藏著一種淒清的嫵媚，她有張豐滿的嘴唇，依稀是明日銘心的縮影，漂亮得令人難以置信。

當珍姐發現我在偏廳流連時，催我快步離開。及後那自作主張的珍姐解說，事緣銘心母親深夜回家，卻被婆婆拒於門外，令她不禁呼嗤呼嗤哭了起來，情緒失控，衝向我家求助。為免深夜擾人清夢，珍姐獲家人同意下讓她借宿一宵。

事後銘心和俊心不但沒對此事過問半句，任何有關父母的事情也一概絕口不提。

世上只有媽媽好

小學時期，愷寧很喜歡上學。

大清早在上學途中，若碰上老師的話，無論距離有多遠，她都會大聲地叫老師早晨，老師說她恍似是一隻跳躍的開籠雀。

成績優異的她，實在是萬千寵愛在一身。記得有一個學期，愷寧沒考上頭三名，班主任恐怕她會受到挫折而失去信心，私底下送了一個貝殼心口針給她，還找來一個別緻禮物盒子，再用色彩鮮明的花紙包裹著。

那個年頭，愷寧頭髮短短，而且胖嘟嘟，但在每年的班際表演節目中，老師都選了她當仙女或是公主角色，連她也覺得老師選錯了對象。有一天，愷寧鼓起勇氣，走進教員室找班主任胡老師，告訴她以後也不想再演這類型的角色了。

身材嬌小的胡老師，有著清秀的臉孔。雖然只有二十多歲，但衣著打扮極其保守，整天穿起素色連身長裙來。要是選用了花布料子，花紋一定不會起眼。皮膚白皙的她，右眼角下有一顆黑痣，若那顆黑痣放在別人的臉上，定會變得面目猙獰，但放在胡老師臉上，反而增添上一份精靈可愛感覺。

胡老師思考敏捷，說話時清晰直接，沒半點囉唆，給人感覺聰穎直率。聽說她是校長的寵兒，情況有如愷寧是她的寵兒無異。

當胡老師聽見愷寧要推掉角色時顯得愕然，即時反問愷寧想要表演些甚麼，愷寧回答說想唱一曲〈世上只有媽媽好〉。老師眉頭一皺，叫愷寧退往教室門口，然後高聲唱一遍給她聽。唱畢，胡老師把手一招，讓愷寧回到她身旁，然後捉住她的小手，撫摸著她黑油油的短髮，很溫柔地稱讚她說：「唱得很好，音調準確。但你可知道，你的國語發音和大部份歌詞也是不對。」

當然是不對，那首歌是愷寧不知從哪聽回來的，其中更混雜了她亂唱的歌詞進去，居然還膽粗氣壯跑到老師面前獻唱。可是老師不但沒有取笑她，還以溫柔的聲線追問她：「為何要選上這首歌？」愷寧回答說：「因為媽媽經常不在身邊，我很想念她。」

第二天小息，老師叫愷寧往教員室去，她把歌詞交了給她。之後的很多天，老師都用心教愷寧國語發音，這是愷寧人生中，第一首學懂的國語歌曲。這首歌、那畫面，一直深刻地留存在她心底裏。

那幾年是愷寧在學校最風光的日子，在此以後，風光再沒有出現過。可笑的是，風光時期來得那麼早，卻又走得那麼快。

談起母親，愷寧費了力氣也說不出甚麼來。但她知道，她的母親有如天下所有母親，對子女都是無條件付出，別無所求。

〈世上只有媽媽好〉

曲：劉宏遠　詞：李雋青

電影《苦兒流浪記》（一九五八）的插曲

世上只有媽媽好
有媽的孩子像個寶
投進媽媽的懷裏
幸福享不了

沒有媽媽最苦惱
沒媽的孩子像根草

離開媽媽的懷抱
幸福那裏找

★世上只有媽媽好
有媽的孩子不知道
要是他知道
夢裏也會笑

愷寧母親是個極度沉默的人，老說自己不懂說話，更不懂跟人家吵架。當時她不以為然，但長大後，愈想愈覺母親說的是真話。

愷寧母親年輕時，在家鄉公認容貌最出眾。她額闊顴高，瓜子面容，下顎尖俏，娥眉月似的雙眉下，有一對半帶哀愁的鳳眼，鼻樑高直，鼻頭圓潤，有張像被一條唇線勾畫而成不大又不少的嘴巴，給人一種朦朧的古典美。

那年華老去的母親，還帶著幾分嬌媚。不少人稱讚她是最漂亮的婆婆。愷寧很欣賞母親那份不露鋒芒的才能，那種容人的雅量，以及那股永不言倦的耐力。她製作的手工藝，在任何人眼裏，都是完美之作。在她病情最嚴重的日子，愷寧從沒聽過她哼過半句，亦沒有半點怨天尤人。她欣賞母親有如此驚人的容忍力。

「執迷不悟」是否人類的天性？愷寧明明知道，正如所有母親一樣，她的母親也是個血肉之軀的普通人。可是愷寧一直認為母親是個打不死的強者。愷寧沒有認真去理解她，或在至親心靈和體力軟弱的時候去體會、去聆聽、去親近、去學習。

她曾視「母親節」為一個家庭聚會的日子，以為母親定必高興，其實母親只如以往般坐於一旁，觀看著兄弟姊妹們鬥嘴，到了各不相讓那時刻，沉默的她總會站起來說：「好了！夜了！該回家去了。」

後來愷寧的母親開始發病。坐在輪椅上的她，雖然繼續參與家庭聚會，但已失去了品嚐美味的能力，她不能再站起來對其他人說：「回家去了！」那刻愷寧才領會到「母親節」背後的意義。可是，無論往後愷寧如何表達那份愛意和尊敬，母親已經沒有能力去會意了。

久病的母親終於離愷寧一家而去，她的妹妹自薦寫悼文。葬禮只邀請了那些愛護和尊敬母親的至親好友。妹妹寫的悼文很平實，沒用上花巧的詞句，只淡淡然道出母親點滴故事。短短的悼文，把各人的思緒，牽到永無止境的領域，掠過永不會重現的片段。所有人都傷心欲絕，連那些雄赳赳的男子，也不禁流下男兒之淚。最後，大家依依不捨地接受母親在人生舞台的落幕。

時間不一定是療傷的良藥，回復平靜的日子後，愷寧在潛意識下，仍看到母親一生的縮影在眼前出現，回憶好像一輩子會漂浮在她的腦海裏，摻雜著溫馨和傷痛！

舊時人舊時地

愷寧母親去世不久，她父親的生意一落千丈，後來被逼變賣家產，並辭退了珍姐，帶著全家遷往郊區去，以開源節流節方式繼續維持那個家。

人走茶涼的道理，愷寧自小已有深體會。雖然失去了不少，但她學懂的更多。

原來不一樣的世界，會驅使人變得不一樣。沒有珍姐的世界，愷寧開始要學懂做家務。到了口渴的時候，才知道要煲水才會有水喝。當她第一次拿起掃帚，很努力東掃西掃時，不知為何總不能把垃圾撥在一起。被人罵了幾句後，自尊心又不禁脆弱起來，此後有太多以往不以為然的事，也要重新學習和適應。

鄰居沒幾個女孩子願意和她一起玩，那些跳橡筋和跳飛機的遊戲，她玩起來比誰都要笨拙。

別替愷寧難過，她很快接受了現實，深明大小姐再也做不成。她明白改變不了環境，可以改變自己；改變不了過去，可以改變現在。手藝、針黹的時代已過，往後的日子，要幹些實事。

愷寧極速學懂簡單的家務，還學懂在市場討價還價下，買些便宜菜肉。無耐她烹飪天份不高，不時又被那些爐煙柴火燻得淚流滿面。

沒多久，她由胖胖白白，變得黑黑瘦瘦。愷寧責怪郊區無遮無擋的陽光，為何總是那麼猛烈；每天要走過的路，為何總是那麼崎嶇。那些快樂回憶，被殘酷的現實漸漸取代，而刺在心裏的事，尤其是那些落魄的日子卻無緣無故地浮上心頭。

在郊區無聲無息度過了無痕跡的中學年代。早日獨立的念頭，一直存在愷寧腦海裏。畢業後，她決定不再升學，這令父親再次失望。獨立不可只限於空談，獨立需要自身有能力應變，包括金錢上的獨立。在貧苦的處境下，愷寧必需有一技旁身，因此她毅然報讀了當時位於中環堅道，於一九〇四年由意大利修女所創立的商科書院。

那是為期一年的課程，除了密集式教授外，校規也很嚴格，此外每天要穿著整齊校服，上課時間是由早上八時開始。這便是愷寧開展終身學習的第一步。

由於上課路途遙遠，兼且當年交通並不方便，愷寧的父親在三思之後，撥了電話給住在北角的親戚，希望她收留愷寧三個月，好讓她適應未來一年的生活，因此愷寧便開始投靠那位遠房親戚三姨婆了。

愷寧背著簡單行李，提著舊式打字機，紊亂的心緒夾雜著一絲淒涼，獨自乘車往北角去。到達那闊別已久的房子前，給她開門的是四姐。眼前的四姐，變得腰彎駝背，臉頰下垂，瘦小的身軀罩在闊大的袍子裏，骨瘦如柴的雙手被長長的袖管遮掩著。

四姐如以往般親切地說：「大姑娘，你長高了很多。」隨後，她安頓愷寧在面向內街的房間，那處喚起了她心靈深處，一種非常遙遠的記憶。

在客廳柔和的燈光下，愷寧和久別多年的三姨婆共晉晚餐。三姨婆的髮髻仍是梳理整齊，臉龐卻明顯蒼白衰老，眼睛已失去了神采，她比以往還要沉靜。那樣的沉默，總使旁人以為她深藏智慧。她的開場白是這樣：「反正這裏有房間空置，你留下來，我是沒意見。」隨後的對話，都是零亂破碎，不值一記。

每天屋內總是一片寂靜，靜得可以聽到靜的聲音來。那段時間，四姐不但無微不至照顧愷寧的起居飲食，還經常預備美點讓她放學回來享用。四姐會故意在三姨婆面前稱許她，怕她會被人家嫌棄，怕她會有寄人籬下的感覺。

四姐在愷寧面前總是堆滿笑容，那輕聲細語的聲線，似是召喚著她失落孤單的靈魂，撫平了一顆寂寞沉重的心。

過了一個多月，愷寧開始於週末日子，往返北角及郊區的家。每個星期一清晨，她都要無奈慨嘆一聲夜實在太短，似乎剛一閉上眼便天亮了。當月色朦朧，街燈仍是亮著，寒氣仍令人顫抖的時候，她便要出門直接往堅道上學去。

那擁擠的單層巴士，沿著青山公路搖搖晃晃地開往荃灣碼頭，下車後愷寧再要轉乘渡輪往中環去。下船後她一口氣從中環碼頭往上方一直跑，穿過那令人喘不過氣來的陡斜石板街，才可到達堅道校舍，那時的她已經累得半死。

獨立從來不易。對愷寧來說是一份心力交瘁的製成品，是理想與現實融合的結晶體。

愷寧也不曉得，那寂寞又疲勞的三個月是怎樣熬過去。當執拾行李準備返家時，三姨婆踏進房間來，與愷寧交換了一瞥眼神後，三姨婆拿出一枚不起眼的玫瑰金指環送給她。對三姨婆來說，這絕對是一份厚禮，用於送行或送客上，達到雙重意義。

戒指面是一個空心的菱形，上面鑲著三顆像芝麻般細小的紅寶石。三姨婆說：「我一直精神欠佳，沒有好好照顧你，你收下這枚戒指作留念吧！歡迎你日後再來。」三姨婆說話永遠都是那麼得體，但她的身體言語和眼神正在出賣她。

愷寧僅有的那一點熱情，被三姨婆看似得體的話語，與那不協調冷漠的態度打散了。冷漠的話語或是態度都同樣令人失望，但不是絕望。學懂體會世情冷暖事宜，人便會變得精巧，只有不斷的磨練才能讓人變得更堅強。

臨離開北角那短暫居所時，愷寧偏有以後不會再來的落寞惆悵，人的心就是這樣矛盾不定。在四姐告老還鄉之前，愷寧曾上門拜訪一次，那亦是最後的告別。

魯迅在〈故鄉〉中這樣寫道：「希望是本無所謂有，無所謂無的。這正如地上的路，其實地上本沒有路，走的人多了，也便成了路。」

在路上，有人會在你身邊留下，或者是緣來緣去，擦身而過。你如何走過你的路，也許本著天意，也許是靠著人為。

逝不了的過去和留不住的現在聯繫在一起，成了人生素材，這些生命的印記，全被愷寧放進不同年代的抽屜裏。

遺憾

離開三姨婆後的那些日子，愷寧被獨立這意念充塞了頭腦，她忽略了在自己轉變的同時，身邊的人和事也一直在變動著，包括她一直尊敬的父親。

她眼中的父親，是個斯文大方的男子漢，他甚少從事戶外工作，所以皮膚比一般人保養得宜。在衣著方面，他非常講究，出外都是穿上雪白襯衣，身上的西裝總是那麼挺刮。若天氣轉冷，他會圍上羊毛頸巾，再加披一件及膝長身的厚大衣，令身型高大的他更具魅力。

父親凌厲的眼神半帶憂鬱，俊俏的外表本可添上幾許溫厚，但他總愛把人性的優點抑壓著。他不許別人看穿他的愛與恨、悲與喜、歡笑與哀愁。在人前，他為了表現得一切淡然，難免偶然顯露一點偽裝的神色。

沉思著的父親，總會低著頭抽煙，一縷縷的煙霧，會圍繞著他的頭顱久久不散，好像那些煙霧，不是從他嘴巴噴出的，而是從他的頭頂昇起來的。他抽煙沉思時的冷靜，壓制了身邊所有人的熱情，像叫人一同分擔他那寂寞的心。

還沒有等及愷寧真正獨立的那一天，她那體弱的父親，已敵不過肺功能衰竭而過身。

過了許多年，父親給愷寧的印象依然深刻，彷彿鑼槌猛擊鑼面之後，餘下了嫋嫋銅音，不斷在空氣中震顫回蕩。當她以為記憶差不多要消失的時候，心底的影象又會悄無聲息地滑過。不久前，父親又重現在她的生活裏……他出現在一個學術與藝術展覽中——饒宗頤教授的敦煌學術藝術展。

館內播放著有關饒教授生平的十集短片，片集雖概括但很全面。她愈看愈有一種說不出的感受。對了，年老的父親，容貌有幾分像年老的教授，尤其大家同樣在脖子上，披了厚厚的圍巾。愷寧原以為，這是自己一廂情願。說來奇怪，身邊的人也認同她的看法。

在愷寧獨自整理父親遺物那刻，才知道父親做事有條不紊，凡事都會記錄在案。在遺物堆中，她發現了更多真正的父親，令她更了解、更懷念一個失去的親人。

愷寧父親年輕時，在國內經營煙草生意，在一次經商途中，巧遇了愷寧那為人師表的外公，後來娶了他的女兒——愷寧的母親。自此父親沒有中斷與岳丈大人聯絡，一直保持密切關係。

她回憶就讀小學四年級的某一天，父親對她說：「寫給我的便條也不錯，但要多加琢磨，現在開始和國內的外公通信吧。」

對於父親突如其來的命令，愷寧心中一懍，不禁目眩片刻。違抗父命的那份勇氣，隨即被父親懾人的眼神打退了。想到日後要與素未謀面的外公，展開書信往來之路，心裏不由得恨起父親來，又胡思亂想著如何反抗。

魯迅曾借用蜜蜂，作了一個比喻，他說：「必須如蜜蜂一樣，採過許多花，才能釀出蜜來，倘若叮在一處，所得就非常有限，枯燥了。」愷寧覺得，自己正如魯迅所比喻，是那些叮在一處的蜜蜂。或許父親說得對，是時候要開始多採花蜜了。

在不少暗沉的黑夜裏，愷寧面對著空白的信紙，苦無下筆之言，非常沮喪。白天所積累下來要與外公對話的餘溫和熱情，都被孤寂的黑夜揮霍光了，連素愛聽夜來微風吹拂索落的枯枝聲，也因下筆寫信而厭惡起來。

愷寧忘了第一封信是如何下筆，印象中都是一些胡言亂語，敷衍堆砌的言詞，草草填滿了一張信紙，便匆匆交到父親手裏去。每次父親接過她的信後，會立刻過目卻從不修改，她從不知道這些信件會寄往哪裏去。而所有外公的回信，最終都會由父親收藏起來。

愷寧並非故意與外公對著抗，她知道「文字」是一種抒發情感的溝通工具，認識及了解後的交流，才能達至餘韻不盡的境界。否則，再華麗的言詞亦不過是虛情假意。

無論信裏內容是否胡言亂語，愷寧仍堅持這樣寫上、下款：

上款：親愛的外公

下款：你的外孫女上

儘管信內字體是如何東倒西歪，語句是如何詞不達意，外公顯然並不介意。愷寧每次寄出的書信，總換來一篇又一篇充滿關愛之情的文章。外公每封信都是以毛筆書寫，字體清秀、文筆流暢、內容感人，而且每封信都有數頁之多。

錢鍾書說得對：「文字就是那麼一堆，看誰有本事，將之砌成有深度的句子，集句成章。」她深深感受到，外公就有這方面的本事。

及後好一段日子，愷寧在吃力寫信的同時，亦期望外公不要那麼快回信，好讓她有喘息的空間。雖然如此，愷寧心底仍是尊敬外公，因他是她至愛母親的慈父，而使她長大成人的，正是心裏那份母親的愛。母親就像一隻鳥，永遠用散發出溫暖的翅膀來庇護她。

平日很少留在家的父親，有一天忽然蹙著眉頭走過來，凝重地告訴愷寧，以後不需要和外公通信了。愷寧雖感到愕然，但難免有如釋重負之感，她盡力屏住呼吸，力求掩飾心花怒放的表情。意想不到父親隨後卻說：「外公已經過身了。」

父親在說那句話的同時，他低著頭抽起煙來，溫暖的陽光從玻璃窗透入屋內，落在他蒼老的面頰上，閃爍著他銀灰色的頭髮，原來父親的髮絲早已不再烏黑，只是愷寧一直沒有在意他。

在愷寧外公過世後，似乎再沒有人提起他。父親的表現也讓她感到驚訝，彷彿外公從來就沒有存在。在愷寧父親的遺物中，亦找不出半點外公的蛛絲馬跡。

遺憾會令人不安、難過，尤其是人生經歷中的第一次。它往往發生於生命的早期，像一滴墨水落到人生的白紙上。

當外公過身後，愷寧有種不能原諒自己的內疚感，本可做得更好的，卻因為抗拒與惰性，把原來美好的事情都弄糟糕了。她多麼渴望有機會挽住那時間巨輪，可惜有些機會，你只能擁有一次。

這些年才明白那些事

詠詩和鳳儀在同一條村落成長，她們就讀於同一所中學，每天差不多在同一時間上學，久而久之便成了結伴同行的好友。

樣貌平庸，身材矮小的鳳儀，是頭大面闊、眼睛浮腫、唇厚嘴大、聲線底沉的女孩。頭髮天生捲曲蓬鬆的她，永遠要用上橡皮筋，把一大束頭髮貼著頭顱往後纏綁。詠詩會不時拿她來開玩笑：「為甚麼你不把秀髮放下來，我恨不得擁有這把捲曲長髮。」

「我最討厭便是這把蓬鬆捲曲頭髮，你若再拿我來開玩笑，我可要和你絕交。」鳳儀橫眉怒視著詠詩，氣鼓鼓地回應她。

雖然鳳儀缺乏令人喜愛的特質，但她天資聰穎，為人沉實、低調，善良、有責任感，擁有別人渴望與之交友的質素。

鳳儀比同年齡的孩子較成熟和節儉，可能是家庭背景所致，造就她擁有那種性格特質。據知她父母是因工作關係，在互生情愫下走在一起，生下她們姐弟三人。可惜在她就讀小學期間，父親意外身亡，遺下一家四口，在缺乏了主要收入來源之下，她們一搬再搬，最後在一所簡陋蝸居安頓下來，她的母親從此要獨力撐起整個家。

詠詩雖然並非絕色美人，卻擁有美人兒的某些特質。她身材高挑、皮膚白皙，鵝蛋臉龐添有甜美梨渦，水汪汪的眼睛散發著星星閃爍的光芒，縱使蹙著眉頭仍有我見猶憐姿態。人雖不及鳳儀聰明，但懂得人情世故，閒來更遊走於琴、棋、書、畫之間。

她們性格愛好各異，本應難以同行，但世事並無絕對法則。在某些事上，鳳儀會花心思討好詠詩，而詠詩不時也會給鳳儀帶來驚喜，她們無需刻意，但又能巧妙地找出和諧相處之道。

在某年暑假，鳳儀選修裁剪課程，為增強手工技巧，她除了要求詠詩作模特兒之餘，更主動為詠詩縫製各樣式衣裳。

年紀輕輕的詠詩亦非任由鳳儀支配，她天生對服飾具有時代觸角，往往會在傳統的紙樣上，注入創新元素，令各類製作品都眼前一亮。

她們的作品趨向多元化，選色大多以和諧色調為主。製成品包括恤衫、大衣、套裝、半身、連身裙等等。在恤衫設計上，她們棄用淨色布料，傾向選擇帶有簡約花紋的圖案，既可保留傳統恤衫模式，又不失視覺變化。套裝方面會大膽選用材料，如以價格便宜的深啡色絨布，代替名貴的獠皮布料，能起以假亂真的功效。

她們有空會並肩走遍廉價小店，用有限的零用錢千挑細選，有時會因鈕扣形狀、顏配搭色、服裝設計等問題而吵嘴。

鳳儀本身就是個數理高材生，由於她量度計算精準，又能掌握縫製中的竅門，因而撇除了一般人所需的額外修改時間。出於鳳儀手中那些襯衫上的衣領、手袖，在裁剪或是車工上幾乎達至天衣無縫，絕少出現偏差。在往後很多重要場合，詠詩都穿了鳳儀所縫製的服裝上陣，並獲得不少讚美迴響。

一隊成功組合，除了雙方懂得配合及體諒外，在某程度上也要互相作出遷就和忍耐。其實久不久鳳儀會發聲抱怨：「詠詩，你別再難為我了。我費神在你改動的款式設計上，比花在學業的時間還要多。」

「看，你的每件作品都成了班中之冠，不是應該多謝我嗎？現在卻反過來嫌棄我對你諸多要求，真是好心沒好報。好了，我再也不管，你以後自由發揮吧！」詠詩發晦氣話。

「我並非要求你不要再管，你就是別再那麼挑剔好了。因為你力求完美的改動，令我儲起來的零用錢都快要花光，還有幾份裁剪功課有待完成呢！」鳳儀說來有點憂心。

詠詩沒讓她說完便插嘴：「你還當我是好朋友嗎？你的零用錢沒了，可是我的還有，接下來不許你再花錢，一切費用由我負責吧！」

這樣的吵吵鬧鬧一陣子，她們又和好如初。

詠詩在暑假參加了素描班，但之前已花掉不少零用錢在補貼鳳儀的裁剪習作上，因此捨不得為自己添置畫架，在家裏練習時只能一直用手托著畫板描繪，既不能集中之餘又倍感疲累。當鳳儀發現此事後，立刻將她家裏僅有的帆布牀拆掉，然後利用拆下來的木條，替她做了一個活動畫架。

「這是我第一次當木工，製品很粗糙呢！希望你用得著。」鳳儀邊說邊觀察詠詩的反應，生怕她大不滿意。

「這正是我心目中畫架的模樣，不但高矮大細適中，木條還塗上了光油，正合我意。你真是天才！」詠詩誇讚鳳儀。

「別賣口乖了，合用便好。你也是任勞任怨充當我的模特兒，替你做點事也是應該的。」鳳儀聽到詠詩的讚許後，竟有點難為情地回應。

詠詩以為瘋狂的畫家如凡高（Vincent van Gogh），才會因對繪畫執著而幹傻事，原來鳳儀對朋友亦擁有那份堅持。

那個利用帆布牀製造而成的畫架雖不名貴，但意義重大，它讓詠詩勾起很多與鳳儀一起時的回憶，是友情的標誌，它那份無形的能量，陪伴著她渡過充滿夢想時期的許多起起跌跌。在長大後，甚至步入中年，她仍然攜帶著它走過幾許搬遷，在不知甚麼情況下，她才把它丟棄，然而旋即她又懊悔不已，埋怨自己連一個畫架也容不下來。

中學畢業後，鳳儀不希望成為家庭包袱而決定不再升學，她考取了一份繪圖員工作。雖然這不是她的終極理想，但安慰自己這倒是和理想也有點相近，況且有了固定收入，可幫忙一直為口奔馳的母親。

鳳儀家境清貧，認為自己樣貌平凡就應該安守本分。骨子裏的她雖然喜歡俊俏男兒，但她卻選擇下嫁一個比自己學歷較低，身材矮小、樣貌平庸的人，認為同是腳踏實地的他很適合自己。

鳳儀的夫君早年從大陸抵港，未能銜接香港教育進度而一早絕學，尋找工作時又總是到處碰壁。因此在年青時他已有了創業的決心，各類型生意如批發木材、凍肉，以至安裝貨車墨斗等等，他都經營有道，一家生活亦得以安頓下來，還累積少許財富。

丈夫思想傳統，他雖沒明言，但身為妻子的鳳儀也希望為丈夫生一男丁以傳宗接代，可惜一連生下四個女兒的她，身體已大不如前，沒法完成使命。

孝順的鳳儀婚後一直與母親同住，當初母親對她的選擇也有微言，在詠詩一次往訪鳳儀時，伯母曾暗地裏向到訪的詠詩慨嘆道：「我真不明白鳳儀，為何選擇一個其貌不揚的丈夫。」

「我相信鳳儀一定有她的原因，你要相信她的眼光啊！」詠詩只能這樣安慰著伯母，其實在那一刻，她也有點認同伯母的說法。

在心底裏，詠詩認為天資聰穎的鳳儀若是繼續升學的話，一定會成就非凡，到時隨便挑選一個配偶，相信都會比現在的好。但她所了解的鳳儀便是這樣的人，她總不會計較太多，或是埋怨擁有太少，她不會追逐勉強不來的事，她甘於過平淡日子，認為平淡便是福氣。

儘管鳳儀的母親對她這段婚姻曾有微言，但她仍盡心盡力照顧好他們的孩子，守護著這個家，讓他們無後顧之憂地出外工作。

有時鳳儀會語重心長向詠詩說：「不要以我為榜樣，你有條件追尋理想。」詠詩對她的告白默言不語，因為鳳儀所說的，正是她心中所想的。

始於同一起跑線並交往頻密的鳳儀和詠詩，共同渡過了人生一段大無畏的青春歲月。但在中學畢業後，基於生活方式不同、人生目標及工作性質各異等原因，相方關係漸漸拉遠，甚至分道揚鑣。

後來大家更各自舉家移民外地，為了適應新環境及安頓家庭，她們不斷掙扎求存，然而彼此竟都沒有察覺到，在這許多年後的人與事，都被時間改變了。曾經與一些人所積累下的情感，都蒙上一層白油，變得空白。

在展開不同的旅途後，她們不曾刻意尋找對方。在各自的回憶中，她們不時會沉醉在年輕時的片段裏，偶爾感覺鮮明，偶爾淡如輕煙，偶爾又在回憶漩渦中糾纏，與消逝的流年抗衡，與想念的情感對壘。

大半生過後，她們從逆境走進順境，從貧窮走往富足。對大千世界那些微妙稀奇的事態也有所領會，人生似再沒有甚麼驚訝的，有時她們對沒有延續這份友誼而感到遺憾，有時又覺得這是理所當然。何況鳳儀一向隨遇而安，詠詩又不強求，彼此倒有點活在回憶也是不錯的想法。

在詠詩的回憶中，鳳儀的故居很簡陋，是只有一房一廳的平房，廳與房之間偷了些位置當廚房，一家幾口都擠在同一睡房裏。但在她住所後園的一小片土壤上，長年栽種著時令鮮花，彩色繽紛的玫瑰尤其多，乍看似是一幅花海地毯，這景象並沒有因著四季的轉移而衰減，與前方那簡樸居所有點兒格格不入。

「你的母親平日為口奔馳，為何她還要花那麼多心思在花圃上呢？」詠詩好奇問鳳儀。

「你有所不知了。我母親認識父親時，他正為一大戶人家當花王，而母親是當保母。當時父親因園藝出色而備受賞識，僱主每年會在其豪宅的後花園舉辦觀花會以增顯氣派。在父親潛移默化下，母親從此愛上園藝，他去世後，她把思念轉化成栽種的能量，藉此追憶懷緬父親。」鳳儀這樣回答。

鳳儀當年所說的那一句：「你有條件追尋理想。」詠詩一直埋藏在心底。她有與生俱來的繪畫天份，她所以對追尋理想堅持，一半是為了自己，一半是代替放棄理想的鳳儀畫出心中彩虹。

完成了在美國紐約為期幾年的藝術及設計課程後，詠詩再往法國巴黎深造，在不到十年期間，她在藝術界已薄有名氣。除創作種類多元化外，亦集合多種繪畫風格於一身，有如當年與鳳儀所創作的每件作品，總會給人耳目一新的感覺。

在她舉行的一次畫展中，她以「我家後花園」作主題，其中許多創作靈感是憑著回憶鳳儀故居而得來的，展覽後她開始被人關注，及後一系列作品更成為收藏對象。

作品受到追捧與收藏，表示藝術品具價值，有升值潛質，對於藝術創作者而言是值得高興。但對詠詩來說，每賣掉一件作品，心裏便有種痛苦感覺。因每件作品都是她透過繪畫表達心中的情感，均是獨一無二，無可複製。儘管如此，她也明白沒可能永遠守著所有作品。

令詠詩最為失落的，是在舉行名為「我家後花園」展覽會後，她賣掉的那幅以紮實筆法，並注入抽象元素的一幅名為〈玫瑰園〉展品，繪畫的靈感是基於鳳儀那於夏日被色彩鮮豔、爛漫絢麗玫瑰花所環抱的故居。雖然她嘗試再次把那意念轉化成作品，但畫裏靈魂的火焰已經熄滅。

當年失落畫架的那份落寞，等同於今天所失落的畫作。雖然她意識到重獲畫作機會渺茫，但心底卻存著一絲希望。

在許多年後，步入晚晴的詠詩在一個藝術交流會中所派發的刊物上，發現自己某些作品，包括〈玫瑰園〉，它將出現於前往加勒比海遊輪的油畫拍賣會上。於是，她事先在網上完成競投登記手續，旨意在遊輪拍賣會上爭奪自己的作品，並為此行作好志在必得的部署。

海上安寧、清靜、恬淡、閒適的日子像甘泉豐草，潤澤著勞累已久詠詩的心田，能擁有今天所得的成果，令她感覺過往幾十個忙碌辛苦年頭總算沒有白費。

在拍賣會場上，詠詩選擇一個較前方位置，除了遠道而來爭奪自己那張〈玫瑰園〉外，她亦有意購入其他寫實派畫家，如類似柯洛、米勒、庫爾貝、杜米埃等作品。

在每次她舉牌競投的同時，坐在後方總有比她出價更高而成交的人，這令她懊喪不已，向來冷靜的詠詩終於沉不住氣往後方掃視，很快便認定那競投者是獨自坐於後排的女士，那人稀疏灰白的頭髮盤在後頸，繞成一個鬆鬆的圓髻，開闊的額頭上刻著光陰碾過的留痕，微絲細眼下浮現一對厚腫而略帶褐色的眼肚，脖子上繫了一條與她不大相襯的棗紅色時尚絲巾。

擁有敏銳觸角的詠詩雖沒有十足把握，但她幾乎可以肯定，那位女士並非針對著她，而是同為她愛好的作品而來，特別是為著那幅〈玫瑰園〉，此時詠詩決定割愛，原因是她一眼認出那是鳳儀。

詠詩透過油畫復活了鳳儀故居，而鳳儀則為了重拾兒時一個家那份感覺而來。她們沒有為重逢而鋪路，但在她們一直以來的潛意識行為思想下，成就了再度重逢。

拍賣會完畢，鳳儀滄桑的面龐上，滿載著勝利的笑容，還呈現出一種慈祥之美。

「鳳儀，猜不到我們會在這裏相遇吧！」詠詩一臉柔媚地說，生怕這突然相認會嚇怕對方，因為她了解鳳儀早前的心思都投放在拍賣會上，這是她從不會一心二用的辦事方式。

「是你！詠詩，真的是你。真不愧為完美追求者，你除了身型略為豐滿外，根本和年輕時沒有多大分別啊！」鳳儀說著，面上難掩興奮之情。「多謝你給我買下這作品的機會。」鳳儀邊說邊用手揉了揉潤濕的眼睛。

她們坐在郵輪的甲板上，面對著綠褐色無際的海洋，海水時而平靜不波，如一片光滑玻璃，時而湧出幾丈大浪頭，似載上皺折的白帽子，直往船身撲撞去。浪頭形成一片銀白色帶著鹹味的水沫，隨風捲進甲板上，像從天而降灑著連綿不盡的霧雨。

她們來不及整理離別後的回憶，已開始話說當年，包括那些溫故更新及移民辛酸史。她們由晴空萬里，蔚藍無雲開始，互訴別離後漫長的歲月光景，一坐便是數小時，及至日頭落盡雲影無光，海上薄霧的寒氣凝結在甲板空氣中，全身抖震的她們仍無去意。

鳳儀回憶當年在外地為生計、為理想、為家庭，堅定不移與丈夫努力創業，夫婦白手興家成了當地成功的實業商人，更因投資有道生活富足無憂。遺憾的是可能她以往拼搏得太厲害，除了健康欠佳，過去某些回憶有如斷了片的影帶，已無可復修。

談話間，詠詩更得悉鳳儀的母親與丈夫已相繼離世。

「你的女兒已長大成人，各自建立了她們的家。與其你要獨自居住，不如到我這裏來，我們倒可互相作伴照應。」詠詩殷切地對鳳儀作出這樣提議。

「我從未想過要離開我的家。你知道嗎！老伴下葬在離家不遠處的墓園，只要我一想起他，便會跑往探望他。若我離開，那就表示從此要把他拋棄，我做不出來。」鳳儀帶著堅決的眼神回應詠詩。

鳳儀的決定是不會輕易改變。交織在鳳儀生命裏的愛、恨、喜、悲，讓她選擇生活上與別人疏離，甚至選擇孤獨，但她這些感受如同流動著的血脈揉進詠詩體內，與在另一土地上生活的詠詩心靈永恆相通。

在旅途最後一刻，她們都因為快要離別而悲從中來，彼此除刻意回避對方眼神外，還趁著鼻子還未酸溜溜、淚水還未湧現之際，趕快來個輕輕擁抱後便匆匆道別。

一如以往，她們沒有為重聚作出任何約定。

第二輯：煙花三月下揚州

天鵝湖之夜

在九十年代初期，我加入了一間以亞洲為基地，對香港政治、經濟有舉足輕重影響力的跨國集團工作。

當年我在集團旗下的基金部工作。部們裏人數眾多，由一名總裁及多名副總裁帶領下管理整個部門，九成以上高薪厚職要員都是外國人，他們大部份同時擁有律師及會計師專業資格。

大機構內聚合了來自五湖四海的員工，有如一個社會縮影，當中各有各的人生閱歷、思維方式、價值取向，因而衍生不少人事複雜問題，若處理不當，隨時引來一些流言蜚語。

以外國人為首的集團，無可避免存在或多或少的階級觀念，各部門也有分黨分派情況。除在工作上互動外，外國職員私底下少與中國職員走在一起。

說來奇怪，無論外國高層是如何高傲，他們總會堅守著應有的紳士風度。他們會在電梯內向你點頭，在經過你工作間會說聲：「早晨，你好。」當你以為他們很重視你的時候，你明顯是表錯情了，因正當你急不及待想回應，他們已大步向前走，沒有多看你一眼。那些所謂禮貌，都是一些門面功夫，公式化的禮儀。

這群高傲的人也有著讓人欣賞之處。話說有一位剛進入集團當某總裁的華裔秘書，在處理上司往某個特殊國家作商務考察時，忘記替上司辦理簽證。正當那總裁過海關的一刻，即被數名軍警包圍，更以機關搶指向頭部，最後還要靠外交途徑才能解決出境問題。

一般人會認為這秘書一定難逃劫數，但出乎意料之外，那上司看在她整體工作上表現出色給予她繼續工作機會。及後他們在工作上都異常合拍，證明總裁眼光獨到。

集團總部內還有一大特色，便是在其中一層樓內設有宴客廳，連接特色廚房，並僱有御用廚師，高級職員會安排與賓客在宴客廳內舉行商務午餐，集團亦收集了一系列名畫及陶瓷古董，以供訪客觀賞。

我加入公司的第一個年頭，已經有無限驚喜，最令人難忘的，首推聖誕前夕的大型聚餐晚會，我把它名為「天鵝湖之夜」。

那年聖誕前夕，早上當我在到達公司樓下時，已經有多輛旅遊巴士，停泊在大樓旁邊，準備接載所有員工到淺水灣酒店品嚐午餐。無論是在公司運作上，又或是在商務聚餐、員工福利或聯誼事項上，管理層都一視同仁地重視，甚至乎有點過分執著和堅持，那天的聖誕午餐當然也不例外，所有點心都是精挑細選，座位更是細心編排。

享用完午餐返回公司時已到下午，沒多久公司便宣佈員工在處理完較急切事務後，就可以提早收工。除了男同事高興萬分之餘，女同事也倍感興奮。因為她們接下來有充份時間打扮，以盛裝出席當晚在會展舉行的大型晚宴。

晚宴的重頭戲是演出著名芭蕾舞劇《天鵝湖》。男女演員全由集團的外藉男總裁及男副總裁包辦。在芭蕾舞服飾上，包括頭飾、芭蕾舞襪及鞋，他們都以一絲不苟的精神應對這場演出，務求達至盡善盡美。

表演者有的是身材魁梧，有的是肌肉發達，有的是體型肥胖，他們都把自己化身成俊男美女，毫不吝嗇身段穿起舞衣活現婀娜姿態。可惜吸引台下觀衆注視的，並非劇目本身，而是那些擁有著淺藍色眼睛，臉上蕩漾著無數笑紋的笨拙肥鵝舞姿。

在台上，天鵝群費力地展現溫柔而高雅的舞步；在台下，我們看在眼裏卻是險象環生的景象。他們唯恐天下不亂，還安排了「吊威也」環節，一群一群肥天鵝在舞台上飛蕩，在遠離光亮台板的半空中滑行，投下一團一團縱橫交錯的黑影，令在場賓客無不捧腹大笑，淚水奪眶而出。

那場滑稽版的「天鵝湖」表演，直至今天我依然歷歷在目，有如烙鐵燙出馬蹄般的烙印藏在記憶裏。我佩服當年所有的表演者，他們全放下尊貴的身段，與平日嚴肅和高傲的態度截然不同，為了真正與眾同樂，在所有賓客前作了豁出去的表演，很值得學習和讚許。

林語堂曾說：「人生在世，還不是有時笑笑人家，有時給人家笑笑。」說來真有道理。

煙花三月下揚州

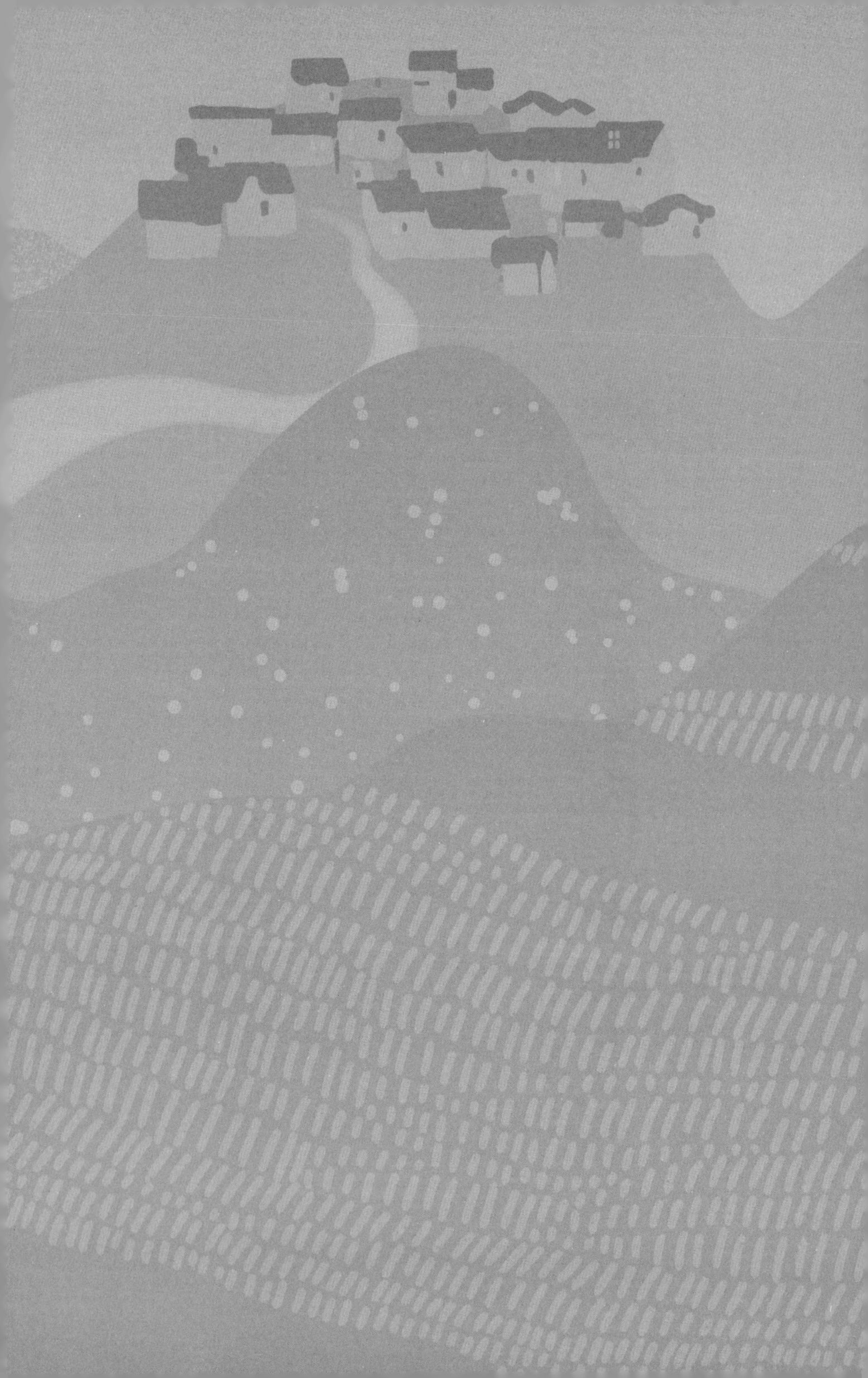

故人西辭黃鶴樓，煙花三月下揚州。
孤帆遠影碧空盡，唯見長江天際流。

這首〈送孟浩然之廣陵〉是李白所寫的七言絕句。當時暮春三月，他在黃鶴樓送別即將遠行的孟浩然。而孟浩然所往之地，乃是鶯飛草長，楊柳堆煙，亂花迷眼，以風流才俊輩出，並繁華著稱的揚州。

揚州地處江蘇中南部，位於長江和京杭大運河的交匯點上。揚州市景色秀麗，城市建築多古風，是中國首批二十四個歷史文化名城之一。

天下三分明月夜，二分無賴是揚州。揚州素有「月亮城」之稱。在揚州瘦西湖的五亭橋下，共有十五個扇形橋洞，每年農曆八月十五之夜，每洞各銜一月，十五圓月金色蕩漾，爭相輝映，為天下奇景之一。

我嚮往文人雅士所描述的揚州，也許真的要往揚州走一趟吧！

時光像輕輕晃動的流雲，柔柔地在空中掠過。過去並不是一個沉默的啞巴，它會無聲與你說話，把你從淹沒在時空裏的故事中，重新找回了一些珍貴片段。

認識小聶的時候，我大約三十歲，而他約二十多。小聶是揚州人，是弟弟極力推薦的批腳師傅，他為人爽直、有內涵，中等身材、外表俊朗。小聶提及他的外公曾是蔣介石御用的批腳師傅，相信他亦深得外公真傳，因此當起批腳師傅來。我欣賞他做事謹慎、專注和認真。

「知道你愛清潔，我已經吩咐工作人員，預先在座位上換了新毛巾。先浸浸腳，看看水溫是否適中。」他每次都窩心地讓客人感覺舒服。

當年小聶孤身從揚州南下，從蒼茫的人海中冒起，有緣地與我的弟弟相遇，後與我相識。雖然媽媽及弟弟對他的工作都投下信任一票，但我覺得他和他工作的場所，總是有點格格不入。

我從沒有刻意打聽或向小聶追本溯源，我對他了解多些都是偶然得來，亦在多年後才稍微知曉。

我喜歡小聶專注工作上的沉默，當我顯出疲態時，他從不會打擾，會讓我在座位上閉目休息。待工作完畢後，會很禮貌地用普通話說一句：「好了，下次再來吧！」

小聶替母親批腳甲時，會份外留神，不容許自己有半點差錯，還不時提醒母親說：「阿姨，平日外出要多穿著舒適鞋子保護足部，涼鞋或拖鞋都不適宜啊！」小聶這麼一說，份外顯出他對老人家的關心。

小聶不時也會提及他那漸漸年老的母親，那步入中年的妻子，和日漸成長的女兒，當然還有他的古鄉——揚州。我喜歡他對人流露出的那份坦誠。

認識他多年後，我決定移居美國，當時我並沒想過有回來的一天，對未來亦沒有特定計劃和鋪排。我沒有刻意向小聶告別，心想：「大家萍水相逢，有緣總會再見。」他只是從弟弟口中，獲悉我已經離開香港。

到了美國，除了一切要從頭開始外，還發覺修剪腳甲也成了一大難題，始知當年已被小聶寵壞了。

在美國多是越南人當手、腳甲美容師，她們當手甲師還可以，可是當腳甲師便有種搔不著癢處的感覺。她們對客人的態度並非有求必應，曾經有一位美甲師對我這樣說：「為了保障自己，免受顧客無理投訴或控告，我們只會根據公司守則按章工作。」

在美國哪有批腳這回事，批腳不得其法，隨時釀成血光之災。輕則惹上官非，重則有牢獄之苦，試問誰敢惹禍上身。那些沒有批腳的日子，一晃便過了很多年。

過於平凡的生活，像嚴冬的黎明，總是分外黑暗，那燃點著生活熱情的餘燼都快要熄滅。當你以為生命之光被白白地蠶食時，卻又會出現像彩虹般的亮麗，那順天而行的路引領我重返香港。

回港後不期然產生了要找小聶的念頭。腦海還依稀記得當年小聶在按摩店那個懂事的模樣。對！我要回復批腳的日子。

再見小聶時，人家已經稱他為老聶了。他從以前規模大的按摩院，轉往一所位於新區的小店工作，地方尚算寧靜整潔，小聶仍像以往那麼窩心。要是我預早通知，就算小聶那天休假，他也會安排與其他員工對掉，總不叫我失望。相交雖淺，人情味卻濃，老聶仍是以往簡單的小聶。

我沒想過去揚州，但這幾年，老聶常把回老家揚州的事掛在口邊。他經常說：「家裏只有我一個男丁，祖屋及農田將會清拆，國家給我補貼了三套揚州市的房子，我總得回鄉辦理手續。在外漂泊這麼多年，實在有點累，況且我年紀漸大，也是回老家落地生根的時候。」小聶說來語帶唏噓。

「哦！忘了你從未踏足揚州。我回老家後，記緊找時間與家人一起來遊覽，順道探望我。」他邊說邊打開著一個袋子。以往每年春節過後，他會老遠從揚州帶來高郵鹹蛋給我，今年也不例外，還特選了那些雙蛋黃的。

我發現他的手已不像以往那般靈活，從前結實的手臂今天已是鬆弛肥腫，他弄了好一陣子，才把那盒鹹蛋從麻布袋子拿出來。

也許小聶說得沒錯，他是老了。孤身在外多年，他那肚皮和脖子一天比一天脹大，身材也日趨臃腫，皮膚像被風沙抽打過後，變得暗啞、黝黑和粗糙。以往打理得整潔的長袍，現在總是皺皺巴巴的不再雪白；以往思路清晰的他，現在總帶著幾分糊塗。

又過了幾年，他決定返揚州定居，看來老聶這回是認真的了。無論日後我是否往揚州探望他，我肯定會將以往和老聶相處的點滴，保留在回憶裏。回憶難免包含著一種淡淡的哀愁，尤其在離合散聚交替間。我雖然很怕那種滋味，但它總有愉快的一面。

那年他回鄉過春節後，便不再回來了。之後，我再找不到比老聶更好的批腳師，一起共事過的按摩師也很懷念他。從麻布袋取出高郵鹹蛋的一幕，我始終無法忘記。

不能預知未來，是人生最深不可測之處。離開了按摩院十四個月後，老聶又再回來。這次他是帶病回歸，他的一邊面頰癱瘓，左右面出現了不對稱問題。

原來他返回揚州兩個月後便面癱了，初時吞嚥和進食都出現問題。在訪尋當地名醫診治後，雖然有些少好轉，但往後的十二個月，病情卻沒有多大進展。他這趟回來，主要是希望按摩院內一位信譽良好，和他有深厚交情的針灸師能幫他醫治。

回歸後的老聶準備再工作。可是我對他的手與腦是否能協調有點懷疑，未敢即時讓他替我批腳，及後我對自己當時的態度很內疚。其實老聶中風的部位未有觸及四肢，行動依然敏捷，絲毫沒有影響工作，經過持續針灸後，他的容貌已有明顯的改善，不知情者也難以察覺他中風前後的差別。

說到老聶那位針灸師，除針灸術了得外，還懂中國功夫，能以一指之力倒立支撐全身。由於他並非長駐醫師，經老聶介紹後，我們只有兩面之緣，我稱他為王師父。我曾介紹他給一位患有肌肉萎縮症的朋友，在他的悉心治療下，對朋友病情確實起了莫大的舒緩作用。

重新工作後的老聶，半句再沒有提及揚州。有天我終於忍不住口問他：「老聶，你在揚州，如何渡過那些中風的日子呢？」

「女兒出嫁了，妻子要上班，只有年邁的母親待在家裏。我每天不是呆在家中，便是在門前的京杭大運河獨自垂釣，無所事事的人難免會思前想後，人都差點瘋了。」

他這樣回答。

「要不是你中了風，你會回來嗎？」我連隨問道。

「天天都想著要回來。」他有點發晦氣地說。

「你的病情已經穩定下來，會否考慮重返揚州享清福呢？」我這樣問他說。

「唉！揚州也許不利於我，況且那裏有我痛苦的回憶，說來你也不會明白。」

他回應時露出無奈眼神，像有著說不透的悲哀。

當時我口拙，一時也找不出安慰的話來。良久，我才醒覺要語帶體諒說些好話：「你不解說，人家又怎會明白呢！」我此話一出，老聶顯得神情有點沉靜，稍後心情才略為寬鬆了一點。

我和老聶不能說有過真正的交往，我了解他只局限於在批腳過程中。但老聶是如何的一個人，經過這麼多年，也不會看錯到哪裏去。可是談話間若涉及他始終不願多提的家事上，男人少見的哀愁也會溢於言表。

我雖偶爾對老聶的背景按捺不住好奇，但這念頭在躺在舒服的按摩椅上又轉瞬即逝。

也許我一直沒有發覺，其實老聶已經在久不久又不刻意之間，零零碎碎的述說著他人生憂傷的根源。

老聶出生於農家，父母以務農為業，擁有不少農田，他自幼已是生活無憂，加上在母親安排下，早年已跟隨外公學習批腳，雖不至青出於藍，亦相距不遠。

由於他是家中獨子，父母很早便催婚，在順從雙親意願下，他在二十出頭時已結婚生子，外人看來是一個大好家庭。為何會產生離鄉別井這個念頭，而這念頭又凌駕於看來一切美的事物之上呢！

他曾對我說只有一女，原來其實還曾有一子，後因某種特殊緣故身亡，相信是一種他難以接受的死因。在一孩政策下，他除了承受喪子之痛這打擊，還得背負「不孝有三，無後為大」這沉重包袱。或許他不善於承受壓力，又或許背後還有其他因素。

正值壯年的老聶，瞬間有如被大水滲壞倒塌下來的一堵牆，再也無法復修。他甚至覺得整個揚州都虧久了他。他心情像被烏雲籠罩著的天空，變得沉重而悲愴。最後他選擇逃避現實，他堅持要告別父母妻女離開揚州，如此難以理解的決定，令他在外省顛簸了幾十年。

在腦海整理老聶經歷的同時，我發覺對他的了解原來不夠深。在他沉實穩重的背後，埋藏了固執己見的種子。他骨子裏有多愁善感的細胞，血液裏流著沒有嘗試去征服的傷痛，他傾向於從悲觀的角度去看這世界，若當時他可以樂觀一點，命運也許因而改寫。

不久，我又將他的事淡忘。之後，我又再次離港留美一陣子，雖然又是對老聶不辭而別，但這次我是定了歸期，短暫失聯想必老聶不會介意。

那年春節過後，我再往按摩院去。我不希望老聶從揚州帶給我的高郵鹹蛋留得太久。雖然他嘴裏常說：「沒事，沒事！高郵鹹蛋待多久也可。」我如何也是過意不去。

無論我有多麼喜愛那些高郵鹹蛋，有多麼感激老聶，最終我為此作了一個決定，我會要求日漸年邁，脊背隆起的老聶，再不要晃著疲累身軀，在長途跋涉氣喘吁吁下，還帶甚麼老家珍品回來給我。

「你為甚麼不早兩個星期來，老聶已回揚州去，這回說是退休了。」離我不遠，正在替客人按腳的按摩師高聲對我說，她把我從飄動的思緒及尋找老聶的散漫目光中帶回現實。

我真的遲來了嗎？我從來都是過了春節後才來，然而那刻我卻為遲來兩星期而懊悔不已。以往習慣在按摩院主持大局的老聶，彷彿仍在眼前遊走，可是我內心湧出那股失落的熱流，與按摩院內一片冷漠無聲的寂靜同時告訴我，老聶真的不再回來，而且是永遠。

淮海中路

這幾個年頭，我多去了上海。

上次只待上幾天，身還未暖便要離開，真有點兒依依不捨。離別前那天，我專程搭地鐵再轉乘公車往南翔古鎮，它離上海市區不遠，是小籠包發源地，也是具有獨特韻味的著名水鄉。它被縱橫交錯、蜿蜒無盡的水道圍繞著，兩旁有相倚而建的舊式屋舍，古老雕樓盡被兩旁的青瓦白牆擁抱著。

不大的古鎮仍保持著幾十年來的寧靜和安逸，男的喜歡集結在小橋上的木亭裏，拉著二胡互相對唱，女的散佈在各大街小巷，專注於五花八門刺繡品上。

鎮上的石橋與柳樹倒影，不經意地在悠悠的水面上互相交疊，看似是無心之作，卻又包含著井然有序的設計心思，它代表古老江南水鄉特色。未知善以點、線、面技巧繪畫江南山水的著名中國畫家吳冠中，曾否到此一遊。南翔古鎮又曾否成為他江南世界的一部份。

在準備返回香港那天清早，妹妹知道我想一嘗參觀宋慶齡故居的心願，堅持開車到我下榻酒店來接載我和丈夫，直往淮海中路一八四三號。

淮海中路的宋慶齡故居位於徐匯區，離繁喧鬧市不遠，因自成一隅，仍能保存著幽雅寧靜氣氛。區內大多是住宅，數層高的樓房與樓房之間，有大小不一的獨立式別墅穿插其中，那些戰前與戰後的建築物，隱然互相呼應。

寧靜的徐匯區，街道兩旁滿種著梧桐樹，樹幹粗而葉子大，樹形不算優美，但那些茂密的枝葉，從筆直的樹幹向外延伸，遮蓋了半條車道，增添了淮海中路的古樸美。

那天雖是細雨微微，但風速頗大，滿天落葉飄飛，黃葉灑滿遍地，為宋宅增添了幾許神秘色彩。座落於宋宅中央是一幢紅瓦白牆的樓房，它被一片碧綠草坪圍繞著，屋後是種滿青青小草及珍奇花卉的歐陸式庭院。感覺上，整個故居是刻意用心保存原狀。

宋慶齡的家，不奢華，卻不失精緻。宋宅中的陳列品，全屬於她以往日常生活用品。

踏進屋內，腳下便是當年毛澤東送贈的梅花地毯，牆上則掛著多幅名作，包括：

蘇聯油畫〈冬日〉
徐悲鴻的國畫〈雙馬垂柳圖〉
宋慶齡的素描像

毛澤東與宋慶齡的合照
孫中山先生的肖像圖
孫中山先生的遺像

那刻我有如身處於大時代當中，不期然顯現出幾分激動。歷史功過誰屬，在此不談，只想寫寫宋慶齡柔情的一面。

在主樓的二樓，除了宋慶齡與孫中山的臥室和辨公室外，還有長期照料宋慶齡生活的李燕娥臥室，她十六歲來到宋慶齡身邊，宋慶齡從來沒有把她當下人看待，彼此感情深厚。李燕娥晚年身體不大好，宋慶齡請了一位保姆照顧她，她伴隨了宋慶齡五十多年，直到七十歲去世。宋慶齡把她葬在自己父母的墓邊，並決定自己去世以後也要葬在那裏。如今，她與保姆李燕娥的墓東西對稱，大小相等。

經過這段參觀歷程，加深我對故居背景及宋慶齡的認識，並產生探討歷史的渴求。

離開一八四三號那刻，我們瑟縮地踏著迎風飄動的落葉，在烏雲密佈天色昏暗下，穿過青蔥的草坪，步出淮海中路宋慶齡的故居。走著，走著在蕭瑟的街道上，腦海裏卻是孫中山與宋慶齡當年經歷那段風雨飄搖，內憂外患的苦難日子。

坐進了車廂，儘管滿天風雨不斷拍打著脆弱的車窗，但我的思緒卻無法走出那古蹟樓房，它逼使我繼續追憶，反思我今天能茁壯成長，全賴這片黃土大地，那是「根」出土之處。

離我不遠，妹妹的道別聲喚醒沉思下的我，抬頭與她微笑揮手，卻又難掩離別之愁。

北京之旅

二十年後的二〇一四年三月，我重臨北京，下榻朝陽區酒店，那是地處外國領事館與商業區之間，亦是京城內最古老的地域，不少歷史源遠留長的胡同也近在咫尺。

北京雖保留很多悠久建築物，但也有不少現代設施，外觀上卻可達至互相共容，又是各具風格。區內地鐵站分佈平均，給自由行旅客帶來極大方便。來到這裏，我不期然產生了似曾相識的感覺。

到訪該地每個著名景點，我幾乎都會逗留整天，一直遊覽至工作人員喊道：「閉館、閉館，快點離開」，那已是下午的四時三十分。

某天接近下午四時三十分，在管理員催逼下，我不情願地離開頤和園。因為時間尚早，我登上一輛公車，前往相隔數站之距，與清華大學遙遙相對的北京大學。

無論是北京大學或是清華大學，每逢週末，都有不少望子成龍的父母，從四方八面湧到校門，爭相排隊登記入內參觀，盼能先睹為快。

踏進北大校園，走經寬敞大道和蜿蜒清幽小徑，穿越多座新舊交錯、風格多變的大樓後，才可到達大學中央區，那處有個不大不小的人工湖，寧靜的水面倒映著圍繞周邊的垂楊和盛放的蘭花。黃昏時分那豔紅的餘暉，給湖畔流連的戀人，面額添上嫣紅醉人的脂彩。

在湖邊不遠之處，有座十二層高的石塔，雖古舊但不殘破，北大學生開玩笑把這地方名為「一塌糊塗」，取其與「塔」、「湖」聲調類近。

校內學生衣著打扮極為純樸，不少人也配戴眼鏡，他們並非只顧低頭專注手機，而是在各種社交接觸點上互動著，我喜歡這種學習氣氛和溝通模式。

北大生不像香港大學生，他們需要往大澡堂洗澡。在黃昏時分，學生們手拿盛載著毛巾和肥皂的盆子，不斷穿梭於澡堂與校舍之間，他們沿路談笑風生，像以此為樂。

澡堂附近有幾所飯堂，消費必需透過學生付款卡，才能購買各式各樣餐飲，例如飯、麵、餃子等等。天生愛吃餃子的我，獲得一名正在進食的學生幫忙，讓我用了幾元人民幣，買到十數粒蒸餃子，還加送一碗菜湯，價錢不但便宜，味道也非常好。

除了遊覽北大，我注意到坊間有不少民間剪紙，還有故宮博物館編訂的一系列故宮歷代名碑法字帖，都很值得珍藏。

遊覽期間我無意中發現一種特色布鞋，鞋匠以鮮明的刺繡花紋圖案，配以多樣化彩色線帶作鞋面創作，每件製成品可謂獨一無二。它除了反映老北京的文化和手工藝外，還出乎意料地舒適。我只花了非常相宜價錢，便買了幾對布鞋回家。穿在腳上，你就能領會到北京布鞋優美之處！

那五雙蘊藏著北京之旅印記的繡花布鞋，今天安然無恙擺放在我家鞋櫃裏，猶如當年擺放在老店時的那個模樣。

芳草萋萋

香港高鐵通車不久，我決定乘車往武漢走一趟。以往只從書本中、從幻想中感受武漢，今後我希望可以親身與武漢歷史遺跡接觸，與那些遠在千里、背負歷史使命的文物見見面。

抵埗後我隨即乘計程車前往黃鶴樓。時正四月中旬，氣溫卻異常炎熱，從司機口中獲悉，因武漢位處中原，全年只有十二月至三月較為寒冷。

〈黃鶴樓〉崔顥

昔人已乘黃鶴去，此地空餘黃鶴樓。
黃鶴一去不復返，白雲千載空悠悠。
晴川歷歷漢陽樹，芳草萋萋鸚鵡洲。
日暮鄉關何處是，煙波江上使人愁。

當我到達武漢「天下江山第一樓」的黃鶴樓，已是中午時分，我匆忙吃了一碗湯餃，隨即登樓遠望。武漢三鎮、長江大橋，立時盡收眼底。離我不遠之處，便是崔顥筆下的晴川閣，它與還未被時代巨輪輾過的漢陽樹，從古至今在此共存著。

現今樓高五層的黃鶴樓，是於八十年代改建而成，屹立於長江邊，與長江大橋遙遙對望。當時武漢天色欠佳，在驟晴驟暗、風雲變幻的天氣下，整個武昌市都薄霧迷濛。站於黃鶴樓頂層，視野範圍只可到達近在咫尺的長江大橋入口，大橋上的橋頭堡，有如兩個雄赳赳的士兵，忠心耿耿地守護著。

在黃鶴樓的高處，我不理會烏雲和煙霧的阻撓，繼續為日後回憶而拍照留影，未知是否我的堅持感動了上天，烏黑的雲端突然出現裂口，陽光從裂縫穿射大地，不但瞬間照遍整座黃鶴樓，還有那條建成於一九五七年，橫跨長江兩岸，宏偉不凡的武漢長江大橋，和江上徐徐而行的船隻也可盡入眼底。在大橋彼岸，遙對著黃鶴樓的便是鸚鵡洲。往日「芳草萋萋」的景象已不復再，換來只有今天的林蔭樹木，及散聚其中的浮華建築。

在黃鶴樓內，有個專用區域，供遊人以書法即席揮毫。當時我鼓起勇氣，在眾目睽睽下，提筆寫字。那刻的靈感來自遠眺長江大橋對岸鸚鵡洲的那一幕，我借用崔顥筆下「芳草萋萋鸚鵡洲」這名句，以行書寫下「芳草萋萋」四字，並獲蓋上「黃鶴樓印」印章，這是有意義又特別的紀念品，給黃鶴樓之行劃上了圓滿句號。

離開黃鶴樓時已經接近黃昏，我在附近小店購買了一些紀念品後，便往長江大橋方向走去。這時豎立於大橋上的射燈已經亮起，在彩色繽紛的燈影下，大橋顯得份外雄偉。我迎風往橋上走，心中有著莫明喜悅，腦海裏不禁湧出杜甫七言絕詩〈登高〉，一邊背誦、一邊登橋，不禁泛起那大江東去的感覺。

〈登高〉 杜甫

風急天高猿嘯哀，渚清沙白鳥飛迴。
無邊落木蕭蕭下，不盡長江滾滾來。
萬里悲秋常作客，百年多病獨登台。
艱難苦恨繁霜鬢，潦倒新停濁酒杯。

自強弘毅

有人這樣形容武漢大學，稱它是「中國最美麗的大學」。位於珞珈山下，面對東湖醉人景色的武大，揉合歷史遺跡與中西建築，並無矯揉之情，反起點綴之效。武大校園栽種了櫻花、梧桐、銀杏，在不同時節，綻放各種燦爛奪目的花朵，由於整個校園是圍繞在天然園林之中，因此又有「園林大學」之稱。

未達武漢大學正門，遠處也可看見以楷書形式書寫成的「國立武漢大學」六字牌匾。在正門後方有一度寬闊石碑，刻有「自強弘毅、求是拓新」八字，那是武大校訓。在石碑背後，栽種有兩組顏色對比鮮明的花群，設計成波浪形圖案，活像一道充滿立體感的長流，滔滔不絕往校園方向奔流。

毛澤東所寫「武漢大學」四字，並沒有用作懸於大學正門的牌匾，但卻在武大校內隨處可見。源於一九五〇年，毛澤東曾到訪武大，之後與學生有書信交流。「武漢大學」是毛澤東寫在信封地址的一部份，往後武大把這四個字發揚光大。

武大總面積為五千一百七十八畝，建築面積有二百五十八萬平方米。踏進校園那一刻，我已有茫茫然、不知所措之感，正盤算著應從哪方作起點時，忽有一中年婦人迎面而來。

那婦人個子矮小、皮膚黑黝，臉龐和體型略胖，寬大的太陽眼鏡托在短小的鼻樑上，笑起來嘴角兩端向上翹起，不大整齊的牙齒便躲藏於兩片薄唇背後。她戴著一頂花邊闊帽，剛好把齊耳的短髮密封起來，藍底紅色碎花的上衣，配以黑色長褲及深灰布鞋，健步如飛的她沒多久已站到我面前來。

她主動有禮地解說武大校訓，說起來倒頭頭是道，令人放下戒心。接著她以在武大工作了二十多年，並熟識校園每一角落為由，提議充當我的導遊，條件是需收取若干車資，作為服務費之用。在相方達成議價後，她領我到附近停車處取車，坐進那輛頭部幾乎觸及車頂的黑色小房車後，我們便開始出發。每到達一些有歷史背景，或建築風格別具特色的校舍時，小婦人會把車停下來，給我解說一番，並讓我拍照。

周恩來與郭沫若曾在武漢大學居住，周恩來故居建於一九三〇年初，位於武大珞珈山南坡，是一棟兩層高的西式樓房，與附近十多棟別墅群，被稱為武大「老十八棟」。於一九八三年，老十八棟被武漢市政府列為文物保護建築。於二〇〇一年，被國務院公布為全國重點文物保護。

武漢大學是依山而建，在主要的車道上，延伸出很多迂迴徑道，幽幽小道的兩旁，滿佈各類蔥鬱高大的古樹。斜陽穿透樹梢，掩映在車窗上；在綠樹叢中的小花上；在古樸典雅和巍峨壯觀的宮殿式建築群上，形成交相掩映效果，校園加添詩情畫意的美。

武大與櫻花的關係是不可分割。武大校園內約有一千多株櫻花，它們見證了中日兩國關係變化，承載著武大歷史意義。校內以日本櫻花、山櫻花、垂枝大葉早櫻、紅花高盆櫻四種為主，大都分佈在櫻花大道上。武大櫻花一般在三月中下旬進入觀賞期，花期持續十多天。

櫻花初放時間，主要受到冬季及二月份的平均氣溫和日照等因素影響。若開花前期氣溫愈低，開花時間會愈長；若開花前期日照不足，那麼開花時間便會延遲。可惜在我到達當天，已是四月中旬，無奈地與櫻花擦身而過。

往大學書店購買些書藉和紀念品，是我算在參觀大學行程之一，亦是我一向以來的習慣。當我提出購物要求時，小婦人卻辯稱在放假期間，書店並不開放，若是我有意購物，她可以代勞。隨後她把車輛泊於路旁，從車尾箱取出數個袋子，滿載了武漢大學的紀念品和擺設，最後我選擇了數張書籤和幾枝青花陶瓷水筆，她亦給予我優惠折扣。

大約遊覽了兩個小時，她聲稱武大主要景點已經介紹完畢，隨後在靠近東湖旁邊，是大學其中的一個出口處把我放下，算是結束當天行程。當我付清車資，她立刻面露滿足笑容，托托小鼻樑上的大墨鏡後，便風馳電掣驅車離去。

第三輯：來去如煙

來去如煙

「不好意思，今天開會麻煩你負責寫會議紀錄，因為中途我需要離席，我……。」當我還未把話說完，瑪蒂已極不耐煩地把話打斷。

「你無須多說，我明白你的意思。」瑪蒂認為聽著非以英語為母語的人說英語，令身為美國白人的她昏昏欲睡，很明顯她對亞洲人是心存偏見。

我認識瑪蒂的時候，大家同在位於美國加利福尼亞洲的一所大約有數百員工的機構工作。

瑪蒂當年大約五十多歲，已經是滿頭灰白髮，外露出她身體的每寸肌膚，似乎因未獲適當滋潤和保護，顯得枯乾鬆弛；那佈滿老人斑的手，像被蒸發乾水分似的變得極為粗糙，然而她非常喜歡打扮那雙手，會定時花錢在指甲裝飾上，並愛塗上貝殼白的水晶甲油，刻意悉心保持指甲完整無缺，不容許有任何磨損或崩裂，每天她還戴著幾隻舊款的白金大鑽戒上班去。

瑪蒂滿佈皺紋的面龐令人難以想像她原有長相，但從面部輪廓看來，雖算不上是美女，但絕不是醜女。每天上班，她總會穿著那些久經洗滌而日漸褪色的暗花鬆身背心，並配以淺藍色闊腳牛仔褲，偶爾也會披上一件陳舊的湖水綠棉質外套。這一身配搭，已成為她自我規定的上班制服。

在我們機構工作已有幾十年的瑪蒂，事業之路並不如意，與她年紀相約的同事，不少已晉升為高層主管。她喜歡挑人家錯處，成了人所皆知的麻煩製造者，可能想藉著捉同事痛腳，以突顯自己對公司運作有多麼熟識，又或者喜愛以別人的尷尬為樂。

她對同事作出的投訴，有些證據確鑿因而立案，但無中生有的個案也不少。雖然在公司樹敵眾多，但她對工作又是異常投入，時刻緊守公司法則，令不少識於微時的高層，都會留幾分面子給她。

我們公司樓高六層，附設多層停車場。每位員工都獲分配頗大工作空間。由於各自擁有立方體積的獨立工作範圍，不少人會放置小擺設，甚或懸掛吊飾。我則在工作桌及文件層架上，引進一些以草綠色為主體的裝飾品，藉此增添生氣，也舒緩工作壓力。

「你的工作間很整齊簡約，我十分欣賞。」有經過的同事會這樣讚許我。

公司鼓勵每位員工，在早上十時半及下午三時半，分別作小休十五至二十分鐘，有些同事選擇留在座位養神，有些則走往大樓前的空地上聊天，或在附近散步一會兒。

我喜歡圍繞公司緩步跑一圈，然而加州的陽光，總令人感到有一股熱乎乎的氣流，從頭湧流至全身，活像熱窩裏乾煎著的烤肉，但我還是選擇外出，既可吸收新鮮空氣，又可舒展身體。

瑪蒂是個煙民，她選擇往停車場前一棵大樹下抽煙，認為那棵為她遮風擋雨的大樹讓人感覺恬逸舒泰。陽光下那些片片斑駁的樹影，總會在她臉上晃動著，她一口接一口吸吮著煙絲，似乎極其沉醉在模模糊糊的煙霧裏。

她偶爾會和路過的同事寒暄幾句，儼然大家姐模樣，面龐勉強擠出笑容，裝扮一副與人言談甚歡的模樣。

在我入職半年後，被調配與瑪蒂在同一部門工作，亦是那部門唯一的亞洲人。調遷初期，不少同事已經善意提示我：「日後若你與瑪蒂有職務合作時，必定要步步為營，以防被她抽後腿。」

當時我對這些警告都不以為意，還輕鬆回應著：「多謝關心，我會盡力謹慎做好每份工作，人家要挑剔也不易入手啊！」

及後我被安排接任一位年輕黑人女子的崗位。由於交接期甚短，我必須在她離職之前完成接手工作。在調職初期，除了要應付排山倒海工作外，還要加倍小心避免出錯，否則不但有負部門主管推薦，還會招來像瑪蒂等人的閒言閒語。

原以為可以安心工作，誰知離我座位不遠處的瑪蒂，總是有意無意地往我附近打轉，她那雙陰沉沉、充滿著敵意的眼睛會朝向我盯過來，像靜待甚麼蓄勢待發機會。瑪蒂私下監視我已有一年多，而我對她那些傻裏傻氣的行徑已經習以為常。

過了不久，公司宣佈進行改革，實行文書電子化，精簡運作。在那段轉型過渡期，我被編排與瑪蒂一同前往受訓，而最令我不想接受的是，日後有機會成為瑪蒂的合作伙伴。

與其和瑪蒂硬碰，我選擇與她和平相處。在受訓期間，我先放下對她的成見，除主動與她分享資訊及互相研究工作方針外，亦虛心聆聽她幾十年積累的工作心得。未知是否我那份尊敬與謙卑起了作用，她對我的態度也有明顯改變。

在那段相處期間，我對她生活上的習性有更多了解。我發現除了同事或上司於中午某些特殊日子請客外，她甚少私下享用午餐。她辯稱不愛吃午餐，因不肚餓。

那種長期沒有規律的進食方式，令她身體出現營養不良狀態，尤其是那泛起了層疊皺紋的手臂和面龐，連以往曾擁有凌厲光芒的雙眼，都變得深沉沉，其實是霧昏昏，我開始有點同情她。

所以，我試圖遊說她：「縱使你沒有飢餓感覺，但進食始終是有益身體，吸收營養才可提供足夠能量讓身體正常運行。」

可惜那些話都不得要領，然而瑪蒂並非無厘頭地反駁我，反之她提出了一些似是而非的個人哲理作辯解：「我是擁有長壽基因的，因為母親活到八十多歲，父親九十多歲依然健在，你還是少操心好了。」

我對此不置可否，我認為經濟充裕，但又異常節儉的瑪蒂，一定是有省吃的原因。也許她希望把午餐的金錢省下來，花在每日抽煙的嗜好上，或許是別有用心，而最有可能的，是多為兒子留下財富。

此後我不定期地從家裏帶些食物回公司與她分享，我會對她說：「唉！昨晚又弄多了餸菜，真不想連吃幾餐，你可要幫忙消耗那些食物呀！最重要是給我評語作改進。」

「好吃，好極了！多謝。」每次她會連聲說多謝，並埋首在食物的窩子裏。又在與其他部門享用百樂餐（potluck）後，我會多拿一些糕點回工作間讓她品嚐。其實觀其進食時歡欣表情，她是極其享受美食滋味。

受訓完畢後，各人重新被安排新的崗位。收到被編入與瑪蒂一組工作時，我沒半點抗拒感覺，因為大家關係已經改善。調配後我倆的工作室位於隔鄰，之前互相建立的信任，這刻便可大派用場了。

與瑪蒂合作初期，每當遇上任何難題，她都會自告奮勇出主意，先是從以往累積經驗細心分析事態，繼而以抽絲剝繭方法把難題逐一破解。有時我會不滿她越級向高層請示及匯報，可惜向來發揮一意孤行態度的瑪蒂照樣是我行我素，還說：「放心，我一人做事一人當，絕不會禍及於你。」

在屢勸無效下，又招來部門主管諸多不滿。

瑪蒂認定我為朋友，在一起合作的成果上，她從不會向人邀功。而在相互工作過程中，我也是獲益良多。彼此的友誼和信任，在不覺間建立及加強起來。

在某些工作小休時段，瑪蒂會拉著我往她那棵心儀的大樹去，在樹底她愛細訴淒涼往事，有說及父母的、有說及朋友的、有說及生活瑣碎事的。雖然我很抗拒被困於煙海迷陣裏，倒是那顆不忍之心叫我堅持下去。

瑪蒂自小父母離異，之後雙親各自嫁娶。她的父親本是一名牧師，因沒有號召力而未能提升教會知名度，在缺乏足夠捐獻之下，導致教會長期收支不平衡而被迫離任。原是擔任神職工作的父親，之後轉職為房地產經紀。與父親關係較為密切的她，會在週末抽空前往年事已高的父親家裏，幫忙處理日常賬單支出及往來書信。

我認識瑪蒂的時候，她母親已經去世，她偶然也有談及關係疏離的母親。在其母臥病在牀的最後幾年間，她們的關係才開始親密起來，她甚至雇請了一位身體壯健的護士，白天在護老院悉心照顧母親。

人際關係甚差的瑪蒂，私底下向我表示：「其實我沒交上甚麼朋友，極其量只有三兩位，其中一位便是曾經盡心盡力照顧母親的女護士。」

「我們中國人有句諺語道：『人生得一知己，死而無憾。』你比一個還多了兩個，應該滿足了吧！」我笑著說。

「別逗我笑了，哈哈！」邊說邊露出難得的笑容。

記得某天我們一起吃過午餐後，瑪蒂拉了張椅子，坐到我的跟前來。她從乾裂的嘴唇裏，向我流露出這樣的話：「多謝你，你為了逗我開心，下了不少功夫，不但扮演我喜愛的貓王（Elvis Presley），還學他唱那些經典歌曲。你知道我沒交上幾個朋友，你可答應成為我的好友嗎？」

當時我鼻子一酸，連忙回應她說：「傻的嗎？我們不是早已成為好朋友嗎？」

那時我假裝找東西別過頭去，藏在眼窩黏稠的淚水都快要流出來，最怕是眼淚一流出，便滴滴答答停不過來。

在週末期間，瑪蒂與女護士不時會結伴，交替開著幾小時車程往拉斯維加斯賭場，大部份時間消磨在角子老虎機這玩意上。賭場深懂顧客心理，它們會利用身分識別系統辯認常客，給予他們層出不窮的優惠，務求鼓勵賭客再次光臨。不論贏輸，賭客都不時收獲通知免費享用酒店住宿及美食。

因為屢獲酒店優惠的緣故，瑪蒂經常會流連拉斯維加斯，前往賭城更成了她的心癮。她明知沉迷仍墮落之根源，卻沒有向賭城說再見的打算。她曾經對我說：「在我的人生中，沒嘗過多少快樂日子，我一直以為在拉斯維加斯的賭場內，拉著那些五花八門的角子老虎機，能讓我獲取片刻歡愉，其實所有的都是一些假象，可是我選擇繼續沉淪下去。」

瑪蒂在年輕時便離了婚，自此獨力撫養一名患有自閉症的兒子，這讓她吃盡不少苦頭，兒子一直是瑪蒂憂慮及抑鬱的源頭。當兒子長大成人後，突然與一名認識不久的女子雙雙離去，並徹底失去蹤影。過了許多年後，他被那女子拋棄，在無家可歸下，潦倒落魄地回到母親身邊，還告訴母親在那些出走的歲月裏，未曾嚐過一餐溫飽。

一直省吃省喝的瑪蒂，把多年儲存下來的積蓄，成立了一個信托基金，打算在百年歸老後，為兒子提供每月基本生活開支。被兒子拋棄多年的她可謂用心良苦。

自小失去家庭溫暖的瑪蒂是善良的，可惜後天的際遇遮蓋她原有的本性，導致她的怨恨愈積愈深。她不懂與人相處，認為改變性格遷就別人是痛苦的，在公司裏她屬於聲名狼藉的小撮人。說到兒子，她眼裏總發放出無比溫柔，神情充滿著包容和寬恕，對於那些被她認定為朋友的人，她會投入十足情感，此仍有實例為證。

例如在某個清晨，瑪蒂拿著一張大約五尺長的硬卡紙回公司找我，說我擁有藝術細胞，要求我為她在卡紙寫上兩句奪目英文，大意是：「早日康復，我們還要一起往拉斯維加斯去。」表示將會把硬卡紙張貼於醫院病房裏，用作鼓勵病危的護士女友。

雖然這是舉手之勞，但那天我花上小休及午飯的時間，利用不同顏色的雙頭筆，在卡紙邊緣勾畫簡單花紋，盡量把字體清晰放大，希望她那病情危殆的朋友，能接收到她窩心的訊息。

在往後一天，我期待聽到有關病者的好消息，但瑪蒂一直沒出現於工作間。絕少遲到或請病假的瑪蒂令我擔心不已，於是我撥了電話給她。電話傳來瑪蒂那種亂了章法的回應聲調，我猜她準又是喝多了酒，處於神智不清的階段，心想也許大事不妙。

一連請了多天病假的瑪蒂終於回復上班。仍是穿上湖水藍背心的她瘦了半碼，更突顯了乾柴枝般的胳膊，整個身軀似急速地枯萎，像具失去靈魂遊走著的行屍。她無聲無息坐下來，異常平靜地告訴我那好友已經病逝，好像完全接受了這個事實，還有點為她不再受到折騰而暗地高興。之後她愈來愈沉默，年近六十的她開始為申請退休事宜籌謀。

在我和她共事最後一年的那個聖誕前夕，所有重視這節日的員工，都為交換聖誕禮物而張羅了好一段日子，那天我們部門的主管也帶著興奮心情，饋贈一人一份聖誕禮盒。

那天瑪蒂離開公司往停車場取車時，撥了電話給我說：「我留下一份聖誕禮物給你，在桌子右邊的抽屜內，祝聖誕快樂！」我感動得很，那並非因為那隻貴重的銀酒杯，而是在旁的印度籍女同事告知我，她從未聽聞瑪蒂會送贈禮物給同事，說這是一樁奇事。

過了大約半年，瑪蒂退休申請事宜已經落實，我為她晚年能靠著每月的退休金及免費醫療福利過活而非常高興。可惜與別的臨將退休員工不同，沒有人為她舉辦歡送會，她是默默無言地離開工作了一輩子的公司。

在離開公司那一刻，瑪蒂對我說：「多和我通電話，起碼有人知道我還活著。」「我會。別整天躲在家裏胡思亂想，答應我要多出外走動，呼吸新鮮空氣。」我認真地回應。

「有空來探望我，我為你下廚煮點好吃的，邊享受美食邊來點美酒。」一談到美食，她說到笑不攏嘴。

「我還是希望你少點喝酒，給自己多弄些有營養食物，要維持健康身體，活用退休後的生活，好好享受一輩子辛勞的成果。」我不厭其煩地再三叮囑。

一向節儉的她，在離職後曾多次在中午時分邀請我外出午餐，但每次都是一臉沮喪落寞的模樣。雖然大家話題不太多，但我仍希望與她繼續聯絡，不要讓她感覺孤單。

每星期有三兩天，我會給她電話聊天，一個月裏總有一天相約外出用膳，這樣持續大概有兩年時間，直至在某段日子，她經常因酗酒而無法接聽電話，又或是接通了電話又會胡言亂語。適逢那段日子我剛好升職，忙的事實在多，便把瑪蒂的事放置一旁。

再次接通瑪蒂的電話已是半年之後，聽筒傳來是她兒子的聲音，在電話裏他給了我一個清晰訊息，說母親已離世並下葬。那刻我認為是那自閉症兒子弄的惡作劇，心情既沉重又憤怒。

當冷靜下來，我向人事部求證時，證實確有其事。公司有關部門已和瑪蒂退休金受益人，即是她唯一的兒子聯絡。當年我屢勸瑪蒂要愛惜自己，要多點攝取有營養的食物，卻被她反過來叫我少些費神，說自己擁有長壽基因。儘管這些話仍言猶在耳，她卻已長埋於墓地裏。

我與瑪蒂從不認識至成為朋友的幾年間，她的內心由始至終都是悲哀的，笑容都是假裝的。她以抽煙及酒精麻醉自己，結果在沒有預期下賠上生命。

在人生的渡輪上，瑪蒂無意識地匆匆下了船，令我來不及與她說道別話。她累了一輩子，長眠安息也許是一種解脫，可是我依然十分難過。

音樂的喜怒哀樂

收聽電台廣播，是我生活中節目之一。有天我聽了電台重溫節目，是訪問唐滌生夫人鄭孟霞。原本播出日期為一九八五年六月二十日。聽罷，我對唐滌生佩服不已。

一九三八年，唐滌生原在劇團負責抄曲，後轉為編劇。五十年代，已成為炙手可熱的編劇家。一九五六年，任劍輝與白雪仙聘他為「仙鳳鳴劇團」的駐團編劇，所編寫的名劇，更是家傳戶曉，歷久不衰。根據資料，唐滌生創作和改編的劇本有四百多個，數量十分驚人。

一九五九年九月十四日晚上，「仙鳳鳴劇團」於利舞台首演唐滌生新劇《再世紅梅記》，唐亦是座上客。演到第四場「脫阱救裴」，當慧娘鬼魂破棺而出，飛舞於紅梅閣的一刻，唐滌突然腦溢血昏倒觀眾席上，緊急送往法國醫院搶救，延至翌日凌晨不治。天妒英才，享年僅四十二。

在鄭孟霞接受電台訪問中，她有提及唐滌生鮮為人知的一面。她曾慨嘆，雖然唐滌生創作產量豐富，其中包括原創、改編、參訂等，可惜沒收過分毫版權費。她憶述唐滌生的嗜好又多又廣，除喜愛攝影、音樂外，也很注重儀表，對衣著亦非常講究，是個完美主義者，像一切包含著美的事物，都與他扯上關係。

聽畢整個節目後，不禁哀於唐滌生之生命短促，更惋惜一個追求完美，對生命那麼熱誠的人，再沒有發揮機會。

藝術細胞或許是與生俱來，但某程度上仍可後天培養。我希望年輕一代學習唐滌生在藝術追求的熱誠，和認真的工作態度。要是能找出某種藝術上的愛好，就可讓生命更為充實和豐盛。

移居美國後，親人每次往美探望我的時候，都會帶來大包小包禮品。除中、外語歌曲，當中以音樂碟最多。為了時刻享受音樂，我在屋裏每個角落都安裝音響器材。無論往屋裏哪處走，音樂都會懷抱著我，陪伴我走過無數平靜、歡樂、徬徨或是憂慮的日子。

定居後不久，我設法為女兒尋覓較好的鋼琴老師，以便她們可接續在港學習彈奏的進度，可惜尋覓良師之路並非如我想像般平坦。因為稍有名氣的鋼琴老師很少往學生家授課，家長也許因與老師住處相隔太遠，而打消帶同子女前往老師家中學習的念頭。

美國人口分佈不如香港般密集，住所面積較大，空間寬敞，逗留家中的時間相對增加。很少人會無緣無故往街外亂跑。若是有，只會是短暫步行，大部份人外出都有清晰目的。除非是刻意安排，那些社交往來，或是親友相聚次數並不如香港般頻密，人與人的關係會在不自覺下逐漸變得疏離。

可幸在踏破鐵鞋之際，給我遇上一位離住處不遠、來自國內的歌唱老師。她給我推薦一位她認為音樂造詣極高的知名人士。她說：「我剛到美國的時候，同樣遇上你的難題，幸好我與本地音樂圈尚算有點聯繫，在更換不少鋼琴老師後，終於找對了人選。」

聽她如此誇讚這位老師，我不禁慶幸自己在輾轉關係之下，終能如願以償。但那內心的興奮卻被她接下來的話打沉了。

「那位老師異常嚴格，若學生並非勤奮不懈，他會勒令學生停學。我的女兒曾因沒有積極練習，前往上課時被他拒於門外。及後女兒多番道歉，保證以後一定努力，才獲批准復課。」她繼續說。

從介紹人口中，我獲知那位鋼琴家移居美國已多年，他曾是國內一位享負盛名的音樂家，聞說他第一段婚姻曾獲全國性報導，可惜這段婚姻維持不久便分手收場。他的第二任妻子亦非等閒之輩，乃名門之後，可惜婚姻再度失敗告終。據知在他與第二任妻子分開時，只帶走了一台白色三角琴，和一隻魔天使狗（Maltese），是子然一身離開，非常灑脫地告別。

聽完有關鋼琴家的這般描述後，我對他倍感好奇，在朋友成功引薦下，期待很快可接觸這位傳奇人物，讓我大開眼界。

在每天管接管送的情況下，時光比狂風掠過還要快。以往本是悠閒的週末，那天卻坐立不安。對一個開車新手來說，進進出出高速公路的同時，還要前往一個從未去過的遙遠地方，難免會膽戰心驚。

然而我那望女成才的心，還有對那鋼琴老師充滿盼望的意念，都戰勝了令我差點兒喪失的勇氣，首天鋼琴課就在踏上週末開車驚魂之旅下展開。

我在公路上全神貫注的意志力，卻斷斷續續被車廂後座的女兒打亂，她倆沿途天真爛漫地不停暢談說笑，甚至乎有點喧嘩。往日聽起來是那麼悅耳的嘻笑聲，今天都全不對勁，心裏不自覺責怪她們，認為早前為預備上第一課說的那些千叮萬囑，要保持慎言慎行的話，她們已全部拋諸腦後。那刻需要在駕駛座寧靜專注的我，沒有得到她們半點諒解。

越區學習鋼琴的那一條路像沒有盡頭似的，飛越高速公路後，還要經過不少蜿蜒曲折的山坡才能到達目的地。那種交雜著擔憂和不安的心緒，令人產生一種莫名異鄉的漂泊感。

在美國生活是無車不行的，要是你沒有能力買新車，也得買一部二手甚或三、四手舊車。那些年紀老邁或未能考取車牌，或是一貧如洗，甚或是對開車有恐懼症等的人，只能依靠別人接送，生活圈子也因交通不便而減少，甚至會被孤立。

鋼琴課的首天，由於她們的喧嘩，令我要在途上一改作風，在車廂內停播她們喜愛的歌曲，改為播放我喜愛的純音樂。本來熱熱鬧鬧的車廂，一下子便安靜下來。倒後鏡裏的她們頓時目無表情，眼睛和嘴巴都往下垂，說難聽一點，像兩隻活生生的哈巴狗，但這一招倒相當見效，車廂內立時變得安靜。

好不容易到達鋼琴老師家門，開門的來人正是他，當天老師上身穿著一件白色馬球襯衣，配以深灰色長西褲，這身打扮在加州炎熱的氣溫最是合適不過。

老師捷足先登地對我說：「進來吧！首個小時讓大女兒先上課，小女兒在樓上客廳等著、聆聽著。你也可以在這兩個小時聽聽我如何授課。盡量不要發出任何聲音，以免影響教學。」之後他一聲不響往鋼琴旁邊坐下來。

他說話直率，操濃濃北京口音，句與句之間沒用多餘字眼。老師擁有平直的額頭、端正的鼻子，臉型略為方闊，剛好配合他那寬厚的肩膊，雖不至是昂藏七尺，但絕對是氣宇軒昂。他與人交流的眼神是正接的，不會對你上下打量，處處表現出硬漢子作風。

那大宅分為左右高低兩區。右邊低層的前半部是授課區域，高聳的樓底直達天花，中央擺放著一座白色三角琴；左邊位置較高，進門後走上大約十個梯級便可到達，那是面積頗大的起居區，它橫跨了低層的後半部份，左邊高層還包括一個開放式廚房，一個飯廳、一個客廳及三間套房。客廳更可通往屋後一個大園林，園裏滿種著不同種類的果樹，那些枝柯疏朗的桃子樹尤其多。

之後的每個星期六中午，我都會留在這座大宅左邊的客廳內兩個小時，因此有機會認識那可愛逗趣的魔天使小狗。累積在魔天使的時光實在令人快樂，可是我們的快樂也建築在少許不快樂上，因為那份保持肅靜的規條把我們關進啞口無言的空間裏。

我所容許的界限是靜靜地在客廳踱步，或悄悄地俯瞰樓下的學習情況。然而那魔天使的待遇比我好得多，每當老師彈奏樂曲作示範時，魔天使小狗會不期然跑往他身旁高歌和應，從老師對小狗溫和的眼神看來，似乎牠那些舉動是容許的。

我雖樂見女兒尋獲良師，但又苦於漫漫長路的車程。為找藉口補償自己所承受的壓力，並對女兒用心學習作出獎勵，下課後我們會選擇在附近享受一頓豐富晚餐才回家去。可恨回程的路上總要面對暮色蒼茫的夜空，那份戰戰兢兢、疲憊困乏的心，比白天還要加倍沉重。

從第一課開始，我已經學懂了合作，絕不敢挑戰老師的底線，因為他集合了一般藝術家獨特的個性，我明白亂踫亂撞只會是自找麻煩，然而最終我也是難逃考驗。

某天下課時，鋼琴老師突然吩咐我要給女兒買一本音樂曲譜，以用作日後教材。「老師，那曲譜是否在下一節……」，誰知我還沒把話說完，大門已經關上，這位心急大師已匆匆跑進家去。

我住處那區其實只有幾所音樂店。從星期一開始，我走遍了附近所有書店，最後都是白跑。到了限期最後一天的星期五，情急的我撥了電話給鋼琴老師說：「老師，你交代要買的那本琴書我找不著，可否……」，我話未說完，便被他責罵起來：「我的學生還未下課，每天晚上七點前，不要打電話過來。」他語氣硬倔，在我還來不及消化下他隨即掛了線。

猜不到一個簡單的詢問電話，竟換來帶有侮辱的回應。想到這裏，仍站在書店的我眼圈已經紅了，還忍不住滴下委屈的淚水來。天啊！我怎知此位先生有如此的規矩，幹嗎我要受他的氣！

當時心想，找別個老師吧！免得每個星期六都要長途跋涉往他家裏跑，反正大女兒在香港已考取了倫敦聖三一學院（The Trinity College）的音樂文憑，小的也考取了鋼琴六級證書。

那退學念頭反覆出現在我腦海間。正要作出決定時，又想起女兒曾經說過：「媽，自從跟隨這位老師後，彈琴的技巧和指法都有了明顯進步，恍如脫胎換骨。」唉！為了這幾句話，真是不忍不忍還需忍，最終都把這口怨氣噎了下去。

到了當天傍晚大約七時多，我收到鋼琴老師打來的電話，想不到他竟然向我道歉說：「對不起，早前說話的語氣重了。別操心，那琴書的事，交給我處理便是。」他快人快語，說完要說的話便把電話掛上。

我那委屈的心，一下子又調整過來，那天之後我似乎更了解他一些。他看似深邃如海，實是淺白如溪，徹頭徹尾是個作風直率的人。

經歷情緒落差的星期五，還來不及調整便到了星期六中午。我如常帶著孩子開車往老師家去。到達後，原本打算在沙發歇息一會，再逗逗那魔天使小狗，好讓那兩小時平穩度過，誰知沒多久老師便走過來對我說：「跟我來吧！」。之後他領我往後園的門前，給了我一頂草帽和兩個籃子，說：「出去採摘些白桃（White Nectarine）帶回家吧！」說完隨即往樓下授課去。

那天我首次踏足他的後園。那非一般的後園，有如一個小山崗，種滿不同種類的果樹，包括檸檬、無花果、車厘子，那刻我的目光全被當時漫山成熟的白桃吸引著。忘卻了我已是一把年紀，興奮的不停往那些掛滿果實的白桃樹叢裏鑽，像猴子般地爬上爬下、穿叢過樹，不亦樂乎。不知過了多久，抬頭一看，赫然看見鋼琴老師已站在老遠的門前等候著。

天真的我急不及待把裝滿兩籃子的白桃給他看時，誰知他竟說：「你爬高爬低，不懂危險！」我真的被他弄得一頭霧水，心忖又是你叫人家去摘的，如今又是我出錯。當我垂頭喪氣要離開時，他卻說：「全帶走吧！回家慢慢吃。」

那天我把所有白桃帶回家去，除一部份送給朋友外，留下來的倒還多。加州天氣炎熱，為了不要浪費容易變壞的白桃，往後幾天都是當作飯後水果。

這樣的鋼琴歲月，過了好一段平靜日子。有一天老師突然說要放假兩星期，待重返琴課時，大宅裏已多了一位女主人，原來老師去結婚了。女主人是一名俄羅斯金髮女子，在俄國是稍有知名度的音樂家。她個子不高，大約到老師的肩膀，身型很瘦削，外型雖不合襯，但相信他們是在相知、相惜、相愛下才結合。

以我所知，這是俄羅斯女士的第二段婚姻，她已育有一名十多歲的女兒。聞說音樂家在當地收入非常微薄，很多人都渴望往國外闖，也有人期望嫁往他國，認為是改寫命運的開端。

自從師母出現後，他們夫妻倆人分別於同一時間，在不同區域教授學生，因而縮短了我逗留的時間。我曾與這位俄羅斯師母有片刻傾談的機會，感覺這位身軀嬌小、聲線輕柔、眼神憂鬱，內心充斥著離鄉愁緒，又憧憬美好將來的婦人，對丈夫是敬畏多於愛慕。

聽了師母表白後，讓我想起一些有關老師的傳聞。老師除了是城中鑽石王老五外，也因著他的音樂造詣，在當地薄有名氣，加上長相不俗，之前的兩段婚姻又為他添上些神秘色彩，令當地不少女士對他傾慕。

聞說在一次音樂界元老級人物的安排下，從不信相親這套的老師竟然沒有拒絕邀約，那位才貌出眾的女音樂家未知是否要先來個下馬威，首次約會便遲到二十分鐘，令心高氣傲的老師勃然大怒，雖然強忍怒氣完成刻意安排的晚餐，但已經把這位女士列入黑名單，從此拒絕單獨約會，他嫌棄別人的原因可從他簡單的一句話取得答案，就是：「我的寶貴時間怎可被人白白浪費。」

回想起來，也許師母對老師的敬畏是逼出來的。坦白說，經歷過音樂琴譜及採摘白桃事件後，我對他也有點吃不消，還敢再亂來嗎！

那條不知來回多少次的鋼琴課漫漫長路，在不知不覺下原來我早已習慣，還有點愛上沿路那多樣的風光。數年後我兩個女兒都分別進入大學，在情非得已下要與老師及師母告別並難過起來。

若干年後，在朋友相約下前往某一華人餐館用膳，竟給我遇上老師一家四口。當時他的俄羅斯太太已經為他生下兩名男孩，年齡大約四至五歲，看上去均是棕髮藍眼、皮膚白晳、鼻樑高正，活潑俊俏。儘管孩子們在老師身旁表現得坐立不安，不時頑皮互相叫嚷著，老師雖顯出無奈神色，但那慈父模樣卻在臉上表露無遺，與我早前所認識的那個心煩氣燥的他簡直是判若兩人。然而坐於他身旁的太太，始終未發一言，相信她對丈夫那份敬畏的心依然沒變。

匆匆歲月又過了不知多少個年頭，鋼琴師一家於我的印象仍很深刻。沒想到我們是緣未盡還可遇。我們得以再見是緣於一個私人舉辦的小型音樂會，當時我的兩個女兒負責其中鋼琴演奏項目，及後獲取不少與會者讚賞，有幾位家長更鍥而不捨要我給他們介紹鋼琴老師。

再度聯絡上老師時，才知道已經擁有多間音樂學校的他是不可同日而語。當說明來意後，老師很快安排在其中一所音樂學校接見我，並立即推薦了幾位出色的俄羅斯音樂老師給我的朋友。

此時的他，完全是個老邁的人，頭髮稀疏、白多黑少、面容蒼老。手臂和手背都露出分佈著星星點點的老人斑，腰寒背縮令他整個身軀變得矮小。往日那份昂藏七尺，氣宇軒昂的感覺已不復再。

我懷著不負眾人所托的心，享受著功成身退的悅，向這位老人家揮揮手後轉身離去。我幾乎可以肯定，那是我們最後一次見面，因為我找不出再見他的原因來。迎著寒風走著，我那些令人懊惱的白髮，擋不住的從髮縫裏翻動鑽透出來，原來我們都垂垂老矣！

不可告人的秘密

（一）初次會面

「媽媽，我應該姓甚麼才對？」一個孩子這樣問他的母親。「問那麼多幹嘛！你的身分證上不是寫了嗎？總而言之，你的姓氏跟哥哥和姊姊不一樣便是。」那位母親這樣回答。

我到達美國加州不久，在一個偶然機會下認識了這位母親，大家不時會在某些社交場合碰面，只是點頭之交。她每次都會駕駛著最新型號的平治房車，衣著打扮極其光鮮地出席一些聚會。可能是看在名車和名牌衣著份上，不少人會給她面子，有些還刻意奉承她。

這位大約四十多歲的女子名叫樊森，瓜子臉、秀髮齊肩，帶有不純正的廣東口音，話總是說了一半便收藏起來。

她出生於中國，後移居香港，不時會遊走於中、港、美之間。這位有著不少人生閱歷的女子，神態臉容應該是世故滄桑的，奈何她走動起來總不經意地嬝嬝婷婷扭動著那婀娜身軀，擁有嬌小而豐滿身材的她，又不時小鳥依依地站於男士身旁，擺出我見猶憐又臉帶少許羞澀的模樣，眉宇間有種淒清的嫵媚，而半帶哀哀怨怨、半帶脉脉含情的眼神，把她那真正內在的性格完美無瑕地隱藏著。

那些視作向人家拋眉眼的舉止，若放於別的中年婦人身上，肯定會被他人訕笑。可是看上去比真實歲數年輕的樊森，似乎把所有不利她的看法都合理化地平反。

我們的交往，是由一通電話開始。

「你好，我是樊森。你中午有空嗎？可否陪我往『目標』百貨公司走一趟，因為我英文不好，恐怕找貨品有困難。若你可以的話，大家在公司入口處見面吧！」

風采依然的她，比約定還要早便在百貨公司門外等候著我。她明顯很注重這次約會，亦意味著她期望這是一個交往的好開始。

原來她是想購買一座食物保鮮真空機，及一套真空保鮮瓶。與其說她找我幫忙，倒不如說我是去陪跑，因為見面後我是一直跟她往前走。當找到了所需貨品，她敏捷地放置兩套真空保鮮機，連同保鮮瓶於手推車內，然後直往付款處跑，看來她對那裏的佈局早已瞭如指掌。

當時我心裏難免對她的動機起疑，但她所持的語氣和神態，又再一次不合理地為她平反。

付錢後，她對我說：「假如你還有空，可否到我家來，只需大概十五分鐘車程便可。」那刻我有點明白她的心意。

她的家座落於優美社區內，是一所價值不菲的獨立式高雅別墅，建築物選材較一般屋苑精美別緻，由名家設計，豪宅的巨型車房可容納六部車輛，屋內放置不少由世界各地運來的古典家具，火爐旁邊擺放著一座有半個身子高的鵝蛋巨型紫水晶，屋內每一個角落都掛著名畫。

剛好在寬敞棗紅色的天鵝絨沙發坐下，樊森便端來一碗燕窩燉冬蟲草，雖然我對這類滋補甜品早已垂涎，但卻受之有愧。在多番左推右擋之下，我最終也把這碗極品往肚裏送下去。往後我們開始一些搔不著癢處的對話。

（二）往事不堪回首

話盒還未打開，她便把剛才買下來的第二套真空機，擺放在我面前。「收下它吧！是我小小的心意。你若要拒絕，我家多了這一套，不知如何是好。」樊森堅持要送給我見面禮，我除了詫異之餘，還堅決拒絕收下。我不是一個多疑的人，但心知那刻收下此禮，日後必成為他人話柄，又或被人冠以貪圖小利之名。人在外地，有時不免要步步為營。

送禮此舉足證她是出手闊綽又是有機心的人，難怪有些人說，她可以靠手段點石成金。那刻我對這種交往方式，即時起了戒心。世故的她，似乎看穿了我這點。她刻意轉開話題，試圖採用另類的交往方式。

「好了，好了。我先留著它吧！日後你認為用得著的話便來找我。喝茶吧！都快要涼了。」知情識趣的樊森在回應著的同時，已經送來一杯芬香的中國濃茶。

本帶有幾分敏銳眼光的她，立時又變得溫婉嫵媚。那半鹹不淡的廣東話雖吐出動容語調，但給人印象是蘊藏著機靈、狡飾、感性、善變的複雜情感。那感覺又在循環往復交替轉動著，分不清是真還是假，似是把飽歷風霜的她掩蓋在一層若有若無的霞彩之下。

她踏出與我交往的第一步，我雖不能猜透，但凡事無須過於理性分析，可能她只期望我是個適當的聆聽者吧！

除非是一個異常豁達者，否則對於擁有複雜背景，又或在感情上遭遇多番挫折的人，任何憶述都難免會帶來折騰和痛苦。梳理人生此話是談何容易！樊森並非一氣呵成向我闡述及揭示其整個人生，我們交往超過十年，在持續信任和了解之下，我才得以從零碎片段，勉強拼合出一幅模糊圖畫。

在美國生活的日子裏，你會為那種恬靜安逸的生活而滿足，但泛不起漣漪的湖泊無論如何都是單調乏味。在無止境的倏然而來、悠然而逝的日子裏，你只能從你的呼吸聲中，確認自己仍然生存著。樊森的出現，就像那些不斷洄旋的溪流，把河川弄得水花四溢。

那天她突然把汽車停在我家門外，硬要我跟她往外走走。未知是否要顯示氣派，她帶我來到一所高級西餐廳，在舒適的環境與平和的心境下，樊森少見的喜悅禁不住溢於言表，有那種找對了場合，更找對了人選的感覺。

我們還未享用眼前那片安格斯乾式熟成牛扒前，她已經把一杯法國羅曼尼・康帝紅酒往嘴裏送。樊森這類型的女子，做任何事無須以酒壯膽，當天也許為某些事而處於興奮狀態，說起話來也是興高采烈，想必是找個人來作伴之餘，還要聽她高談闊論。

臉龐泛紅的她，面容神色突然起了轉折變化，眉宇間帶著一股苦澀味兒，像受了甚麼委屈似的，使勁嚥下留在口腔的最後一啖紅酒，活像這樣才能把憋在胸口的怨氣發洩出來。

「來，陪我喝喝酒。我保證我所挑選的紅酒不會令你失望。」樊森說話時，不期然將身軀往背後厚大軟綿綿的墊子挨靠著，漸漸將習慣緊握的防線鬆懈下來，繼而首次向我透露身世，算是為大拼圖的整合揭開了序幕。

出生於雲南的她，生性本是純樸。沈從文在《湘行散記》中曾記載：「雲南的雲給人印象不大相同，它的特點是素樸，影響到人性情也應摯厚而單純。」

也許每個人背負著自己的宿命，走向自己的命運。若她一直留在雲南，命運定必改寫。由於她年輕時體育運動出色，被國家隊發掘後派往廣東省集訓，從此與雲南愈離愈遠。

「當年不只是父母，還有村裏所有人都以我為傲。其實我寄望為自己增光的心思，比那為國家出力的心更強烈。我那時從民風淳樸的老家跑了出來後，開始被虛榮智昏的欲望揉進心裏，已沒有半點再回去老家之意。」樊森憶述說。

一個骨子裏耐不住沉寂的人，怎能永遠把自己困在繭頭子裏。在嚴格集訓期間她多次偷走外出作樂，認為外出透透氣不礙大事，在警告無效下，樊森最終被逐離訓練營。

無奈事態在發展中途節外生枝，樊森趕急要為自己的人生方向變陣。與其無目標在海上漂浮，倒不如盡快找塊浮木歇息回氣。她認為在這段空窗期間最好能找來一個可以依附的男人。

可能有了目標方向，加上性格果斷，她很快便遇上了認為適合的對象。一個比她大十歲名為羅康的香港人，他有個小小的鷹鉤鼻子，那闊大的嘴巴和兩片厚厚的嘴唇，與他那副瘦削面龐怎看也不甚匹配。羅康樣貌並不出眾，愛穿樸實的服式，有著沉默的風度和看似單純的心。樊森認為這樣的男人更讓她感覺踏實，況且她看上了的並非是真正的羅康，而是羅康這塊讓她躍登往香港的踏腳石。

交往不久，羅康把有意迎娶樊森的意願告知父母，但雙親有鑒樊森過於嫵媚，總給人風騷妖冶感覺，眼神又讓人感覺不安於本分，如何看上去都不能當個好媳婦。可惜縱使父母有千萬個理由阻止，一向極為孝順的羅康，對這段感情已經是泥足深陷。

世故的樊森，怎會看不懂羅康父母對她近乎鄙視的心，為求改變命運，她忍受著，靜待機會來臨，況且有癡心一片的羅康作為緩衝，她的心更為踏實。有些時候，當她想起羅康那笨拙的嘴所說的那些話：「我會用盡力氣保護你，有我在，別怕。」

她都不禁「噗」一聲笑了出來，覺得羅康未免太不自量力。

婚後的樊森為羅康誕下一子一女，大兒子名羅海滔，女兒叫羅珊，但樊森的心並沒因此安定下來。她心底裏的羅康只是一個窩囊廢，沒膽色、沒才能、沒野心，整天只懂往父母的腋下鑽。

婚後的她要經常躲於狹窄的蝸居裏，整天不單要看婆婆面色，還要過著那些沒有盡頭的拮据日子。雖然明白命運的陰差陽錯是人生常態，但她就是不甘心，總為那些單調生活而難過。她愈是這樣想著，便愈覺得羅康是個儒夫，對他不再有任何指望。

可能上天對她還是有點眷顧，歲月的流逝並沒有在她身上留下太多痕跡。內裏心機算盡的她，外表仍是嬌憨情態，我見猶憐的長相，有那種令男人魂思夢繞的本事。

她開始為自己籌謀，縱使往後仍要和羅康走下去，也不能讓日子過得像現在那麼潦倒。她要利用與生俱來的天賦本錢為自己打算。沒有具備高等學識的她，認為加入美容行業最合適不過，好歹也能騙一口飯來。想到自己仍可幹一點活兒，甚至將成大事，心情也略為輕鬆。

憑著她那張口甜舌滑的嘴，竟然可以賒借形式向某些美容院取得少量產品，繼而在街頭巷尾及朋友圈中以薄利多銷形式幹活。連她也猜不到這種策略會如此奏效，在利潤積少成多之餘，還賺取了一點名氣。

她的野心是被她眼裏認為可擁有日漸壯大的財富而推動著，那股動力讓她無法安頓下來，開一所美容院的心願恐怕事在必行了。她整天往外跑，照顧孩子的責任便落在婆婆身上。早已極為不滿的婆婆，認為她那煙視媚行的態度從來沒有收斂過，感覺吃虧終會是兒子。

在現實婚姻關係中，她倆夫妻一直存著不少予盾，加上婆婆從中挑撥及諸多刁難，在互相糾纏了一段日子後，婚姻最終走到盡頭。在雙方同意離婚後，子女交由男方撫養。身為母親，樊森始終擁著無限母愛，但她認為那樣的安排，在當時情況下是最合適不過。

由於深懂顧客心理及需求，她的美容生意日漸擴大，除了有機會接觸更多社會階層，還獲得不少美容機構提供免費訓練課程和實習機會，甚至獲邀往外地視察及率先體驗最新產品。忙碌的日子令她喘不過氣來，在這些看似輝煌日子的背後，心底裏其實有莫名的空虛和寂寞。

那天她在獲邀往美國展覽會途中，在十多小時的機程上，編排坐於一位美籍男華人旁邊。也許是被樊森的美貌吸引著，這位名叫程灝的男子全程向她大獻殷勤，不諳英語的樊森也樂得有人作翻譯。面對這位嘴巴甜甜、臉容帶笑的俊男，樊森難免心花怒放，兩人更在機上侃侃而談，很有那種相逢恨晚的感覺。

程灝有健碩高大的身軀，古銅色皮膚很配合地為他散發無比的朝氣，寬寬的肩膊、強壯的臂彎讓人產生渴求受他保護的遐想，似能為女士遮風擋雨。他那烏黑捲曲的短髮，剛剛鑽出來的細軟鬚根，白白齊齊的牙齒、薄薄的嘴唇，配上端正鼻梁，一雙微帶憂鬱而溫和的眼睛，都為那俊俏的臉孔點綴著，並散發著無比男兒氣。

在下機的閘口處，程灝已急不及待對樊森說了簡短一句：「別忘記於香港再見！」眉頭眼角深鎖著的他，恐怕說多或是說少，在此時都不適當，否則下次約會可能變得渺茫，他期待的並非是旅程終結，而是踏上另一起點。

在各自取得聯絡方法後，回港後他們果真交往起來。樊森在沒有婚姻束縛之下，很快便投入這段戀情。畢竟已是兩子女之母，她已經不像以往那樣渴求童話式婚姻，她只希望踏實地找一個真正喜歡的人。

在程灝激烈追求，又在她毫無理由拒絕的情況下，沒多久他們在港島半山區築起愛巢共賦同居，展開猶如夫妻般的婚姻生活，樊森整天也喜歡黏在程灝身邊。

程灝一直沒有提過何時會迎娶樊森，樊森也不曾催促他，但她對程灝撲朔迷離的背景不免產生好奇，奈何因為愛他而不敢犯上任何差池去觸怒他。她認為假以時日，程灝會自動向她表白一切。她甚至認為既然已經擁有了程灝，一個具備那麼多優點的男人，犯不著如此焦躁不安。反正與程灝在一起時又從不缺錢，日後還能助她一把實踐美容事業上的夢。

沒多久她懷孕了，程灝安排她往美國待產並生下一男嬰。她對程灝作出所有的安排感到詫異，同時又被那些窩心舉止深深感動，連要開口對存疑發問都忘記了。

在舒適、溫情、飽足的情況下生了第三胎，兒子順理成章是個美國人，連帶給母親也換來不少體面，樊森有感變得高人一等，她把所有功勞歸於程灝和美國，卻不明白此乃在金錢掛帥，及人為安排下才會成就這般的待遇。

在往後的日子裏，她繼續沉醉在自滿和幸福裏。而她深愛的程灝久不久會往美國跑，並逗留一段時間才回港，她認為男兒志在四方是理所當然，總比羅康那個怯懦無能的窩囊廢好得多。

話說回來，她的心裏難免對程灝有些抱怨，總是覺得他浪漫不足，不愛與她外出走動之餘，還愛迴避問題。偶爾與程灝走在街上時，途人目光又總會集中在程灝身上多於自己，她一直沒有好奇深究，是因為她認為那一定是程灝太俊朗而引來注視。

這種無風無浪的時光又過了一段日子，在一個陽光明媚的早上，她心情倍感暢快。她的思緒又再次圍繞在程灝和小兒子程國棟的身上。正當她陶醉於包裹著的幸福時，門鈴忽然響起，原以為是回家的程灝便趕快把門打開，誰知站於門外的是一位身材高挑的女子，面對著這個莫名的造訪者，令她頓時發呆。

門前是位束了簡單髮髻的女士，穿在她身上的是一套輕薄的春裝，突顯她格外玲瓏嬌媚的體態。帶點貴氣的女子擁有端莊外貌，那消瘦的面龐上長著一雙明澈眸子。沒有待樊森開口，她已踏進屋內並道出來意：「我是程灝的太太。沒想到你年紀輕輕，竟然學會搶別人老公！」

懷抱著襁褓中的小兒子，樊森被突如其來的消息刺激得渾身無力。當年已是中年產婦的她，因長相年輕被誤作是無知少女這事，在許多年後回想起來，卻產生自我安慰的感覺，認為這是對她外貌年輕的讚美，甚至是在姿容上略勝程太太的一種頌揚。

直覺告訴了她，站在面前是如假包換的程太太，是程灝一直在欺騙她。樊森立時感到過往積累在程灝身上的愛都是白費，她為此而極度憤慨。長居美國那真正程太太的出現，是一種警告，亦是預告這不尋常關係到此是時候終結。

程太太作了簡單告白後，頭也不回地離開了。在樊森的腦海裏，她依然記得程太太在轉動身軀時，披在身上那套雪紡衣裙正在隨風飄動，散發著無比飄逸和灑脫。看著她背影漸漸離遠縮小，她彷彿仍能感受到程太太那充滿著柔媚秀雅的影子不斷地壯大。對了，程灝所需要的正是她。

其實程灝也許早已作出準備，他最終是會選擇放棄樊森。這是樊森在反覆思量後，對程灝作出的判斷。回想以往程灝在每次出門公幹前，總會留下多於她預期的一筆金錢，好像說明他隨時也許不再回來。

在極度沉痛過後，她懷著怨恨的心作出決定，她深明這種複雜關係難以走下去，她要從沉重包袱裏衝出來，她沒有打算作永遠的小三，又或破壞別人家庭，她要與程灝從此劃清界線，她接受了在短暫美好時光的以後，把一切轉化成過去的陳跡。

雖然樊森對這段感情有無限依戀，但她深明分手與否由不得自己。回顧這些日子，她反認為那些光景雖是如此短促，卻又是多麼美麗，而這短促的一瞬，更讓人生增添一份完美。

程灝從此消失在她的生活圈裏，再沒有出現。留下只有與程灝長相愈來愈相似的小兒子程國棟。由於國棟在還未懂性之時，父母關係已經起了變化，程國棟從此未見過生父。

聽到這裏，我好奇的觸角已伸了出來，很想知道那小兒子的父親是誰，但樊森像有難言之隱，說這是一個至死也要保留著的秘密，絕不能透露。她那欲言又止的性格，在這刻再次表露無遺。每趟她所謂的陳述，總是存著大大小小不可告人的秘密。我只能安慰自己，若她不能說的，背後定有理由，我要學懂不要多問，因為信任是需要時間累積起來的。

（三）命懸一線

當程灝離她而去後，她意識到往後的生活得靠自己，她利用尚餘的積蓄，開設了一間小型美容店，為了吸引更多顧客，她決定由頭至腳來一次大檢討，她徹底思量和分析，看身體哪一部份需要保留，哪些需要修飾，還有哪些是需要更換。

她很滿意臉龐的下半部份，認為飽滿雙唇最是性感，那胭紅的嘴唇正好配搭齊整端正的皓齒，連人家所羨慕尖俏的下巴；天生誘人的曲線和豐滿的胸脯她都擁有了。但她又為身型矮小而有所抱怨，想像儘管自己如何打扮，也無法像回憶中高挑身段的程太，她穿起衣裙是那樣令人嫉妒的婀娜多姿。

其實最令她遺憾是那扁平的鼻子，它簡直像一隻外來的怪物，不知為何會出現在她臉龐，認為這是一項失敗配對，她非要處決鼻子不可。

她急不及待為那不甚滿意的鼻子來個大變身，期望往後所有的人都要為她的美貌而傾慕，要令放棄她的程灝在有朝一日再遇上而感到萬般懊悔。她沒有太刻意為首次整容作篩選，反而全心期待一個變美後的自己。

誰知整容過後，鼻子竟然塌了下來，比原來的還要難看百倍。她望著自己不堪入目的容貌，頓時悲從中來。恨意立時擁上心頭，她把鼻子塌陷這事歸咎於羅康和程灝，認為這兩個人根本沒有珍惜過她，就像她糟蹋鼻子那樣糟蹋她。

此刻她的思潮不斷在腦海滾動著，全是纏繞在那些過去的回憶上，那時候她的思考比過去幾十年加起來還要多，負面情緒一發不可收拾，過分活躍的思緒引致她的精神面臨崩潰。

她那萎弱的身軀不受控制地搖晃著，窗縫隙裏透露進微淡的亮光有如朝向著她揮手的一股吸力，心跳砰砰的她慢慢步向窗前，她打開窗，踏上高櫈，準備一躍而下。

在生死懸於一線那刻，她回頭一望，為的是向厭倦了的人生作最後告別。「媽媽，媽媽，抱我！」當時屋內還未懂性的小兒子程國棟不斷呼喚著母親，他天真爛漫地站在搖籃內張開雙手，展現著一種擁進母親懷裏的渴求。

她那刻憤怒的情緒和痛苦的滋味，竟把她徹底地從現實中抽離，她甚至忘記了還有子女這回事。樊森為子女接下來將失去母親的保護而精神恍惚著、掙扎著、矛盾著，可是結束生命的念頭仍不斷地主導著她。如是者，她從高櫈上上下下了五、六次之多，最後，她選擇了活下去。

在認真尋尋覓覓之下，她找到一位香港知名度很高的整容醫生，醫生從她雙耳割了些骨肉，用作修復鼻子之用，鼻子雖沒有變靚，但慶幸勉強回復原貌。

聽到這裏，我不期然地往她身上打量。她個子雖小，但身材出眾，眼神不算溫柔，但有一雙攝人鳳眼。我心想，說不定那尖尖的下巴也是人工化。可能我的心思又再次被她看穿，她抬起頭來把鳳眼向我一掃，再三強調說：「我要多謝母親，她遺傳了美好的身段給我和妹妹。」

可惜那個重新整理的鼻子害苦了她，又改變了她。每隔一段時間，樊森都要花錢注射肉毒桿菌。往後的日子，她比以前還加倍注重儀容，為了保持嬌容，那些拉面皮、割肚脂較高風險的美容手術，她也毫不猶豫地去嘗試。

她本來就是拼搏的，有了目標，更是變本加厲。對於美容院所有顧客，她都有求必應和盡心竭力，並且深得顧客歡心。有時客人會有意或無意地透露投資上的內幕消息，在互利互惠的情況下，也會為她帶來意外收穫。

有次在款待顧客過程中，她遇上一個深藏不露的財經界客人，私下提供一些投資要訣及內幕消息給她，再三叮囑她要量力而為，一切後果自負。她自覺命運就是一場賭博，那回她決定孤注一擲，把全副身家押上，幸運地給她賺來了第一桶金，從此生活稍為安穩下來。

很多與她聊天的客人，都會向她炫耀財富，大談外國教育水平如何高，生活質素如何好，使她腦海不斷盤旋著這些話，其實她心底裏一早已認同這些客人的說法，奈何一直欠缺膽量和金錢，某天她內心掙扎已久的計劃終於要落實了。

行動的展開在某個週末。每逢週末她可從前夫家裏接一對子女外出相聚，事前她在電話裏特意一再吩咐子女：「你們要悄悄地帶齊所有證件在身，要像往常一般，要若無其事的模樣在家等待我前來。」

「媽媽，為甚麼要這樣做？」羅珊好奇低聲地問。

「聽媽媽的話，現在不要問那麼多，到時我會告訴你。」樊森這樣回答。

「快些掛電話，爸爸出來了。」羅海滔在旁催促著。

那天清晨她接過子女後，帶著早已準備好的簡單行李，和一對子女直奔機場，飛向心儀的美國去。

（四）我不夠堅強

當年樊森在美國產子，並住上一段日子，何謂美國生活模式，她也略知一二，這也成了她決定往美國跑的伏線。

那天她帶同一對子女直飛美國洛杉磯。抵埗後她在機場登上一輛計程車，奔向位於加州橙縣阿納海姆市，下榻當地迪斯尼樂園附近的一所酒店。首兩天，她讓子女瘋狂地在樂園遊玩。到了第三天，她買來多份中文報紙，在廣告欄中，尋找應徵保姆職位的人選。

接下來的日子，她在酒店逐一約見申請者，經過多輪篩選，她最終鎖定一位樣貌老實、身型略胖，說起話來帶有濃厚山東口音的婦人。這位名叫薇姨的中年女子來了美國大約十年，是通過女兒申請入籍的，後來她把孫兒帶大後，有感開始不受家人尊重，甚至表露出嫌棄的態度，為了尊嚴因而自力更生。樊森把薇姨的地址、聯絡方法、美國社會安全卡號碼等個人資料，全部都清楚紀錄下來。

樊森更親自往薇姨的家一趟，她誠懇地對薇姨說：「我相信自己的眼光，認為你是個可信靠的人。現在我把兒子交給你，請你好好地照顧他，我一定不會虧待你。」

「放心，我薇姨答應別人的事，一定會辦妥。」薇姨以濃厚響亮的山東口音回答著。

兩個各懷心事的婦人，在美國加州洛杉磯郡的一個小城市，一所座落於洛杉磯市東面，在蒙特利公園市內、聖益博谷帝王山腳的簡陋屋子裏，互相作出了重要的口頭承諾。

便是這樣，樊森把當年只有十五歲的大兒子和一筆美金，交托予認識不深的薇姨，要求她設法在其居所附近替兒子找尋學校就讀，並答應每月按時電匯生活費。這種交易，實在需要勇氣和膽量。雖然大兒子並非美國籍，但以學生簽證可暫時留美，這算是她落實人生計劃的第一步。

兒子羅海滔雖然不大願意母親就這樣離他而去，但明白這是一個情非得已的決定，自己也甘心留下來，他認為在當時的處境中，作出那種安排是最合適不過。

「現在我只能為你做這些，相信媽媽，日後你必然理解和感激我，乖乖的留在薇姨身邊吧。」樊森壓抑著沉重淒哀的心，一字一字吃力地向羅海滔吐出幾句話來。

「我懂得怎樣做。」比一般少年成熟的羅海滔回答著。

樊森懷著一顆失落的心，帶著女兒離開美國。回港後她先秘密把女兒留在身旁，然後立刻處理暴跳如雷的羅康。當年她放棄一對子女，是考慮到自己沒有經濟能力，才讓子女與羅康一起，起碼大家不至於顛沛流離。

可惜過了這麼多年，羅康不但沒有任何長進，在他母親離世後，生活更見窘困潦倒，在精神上亦難以處理子女教育和日常起居事宜。樊森上門找羅康，一方面試圖以金錢利誘他放棄撫養權，另一方面則理性地向他分析，子女日後在美國發展的前途會是如何的好。

「我再沒有力氣和你糾纏下去。」委屈的羅康最終被樊森說服，除了接受她金錢上的饋贈外，還答應所有要求，認為這是放生他們，亦是放生了自己。

轉眼又過了三年，羅海滔已經十八歲，可能遺傳了樊森的基因，個子長得並不高大，但那雙像羅康一樣細小的眼睛卻又異常凌厲，像能穿透他人的心窩。他有平凡至極的外貌，像是一個普通鄰家男孩，容易被人遺忘。但心智上一點也不平凡，最懂得審時度勢，處事決斷而大膽。

一向獨立的羅海滔，從母親離開美國重返香港尋找更多出路的那一天，便開始信任薇姨，在某些情況下更會依賴她。日子久了，薇姨也視懂事機靈的羅海滔為兒子。

薇姨和羅海滔所建立的微妙關係，令樊森看在眼裏，產生不少醋意。她藉詞羅海滔既已考取車牌，年滿十八的他亦不再需要成人看管，是時候節省一筆保姆監護人開支，以此表達辭退薇姨的意願。

「這又何必呢！」羅海滔似乎看穿了母親的詭計，即時否決這項提議。其實在過往幾年的艱難歲月中，薇姨不但和沒有血緣的海滔共渡難關，還多次在各種危難中竭力幫助他，令羅海滔深受感動，他亦視薇姨為第二個母親，心裏希望日後可以供養孝順她。

今天的羅海滔已經不再對樊森言聽計從，這點樊森也明白，心想既然趕薇姨走不成，便索性把乖巧的女兒羅珊也送來美國，讓薇姨照料他們的起居飲食。既可避免與兒子再有衝突，又可引用同一方式，把已經稍為長大的羅珊留在美國，算是一舉兩得吧！

「媽媽，我不想留下來，我要回香港照顧弟弟。」淚水令眼睛模糊了的羅珊，對著母親苦苦哀求。

「媽媽自有安排，你在這裏好好待著便是。」樊森那堅決和肯定的話語，把羅珊僅存的一絲希望撲滅。

回港後的樊森繼續拼搏生涯。在好一段日子後，她醒覺是時候去探望一對像是被遺棄的子女，特別是眷念已久的羅珊。她知道內向的羅珊對事情特別敏感，為了表達母親的愛，樊森買了一枚鑽石吊墜，把母愛傳達於物質上，認為這真誠的表現，能把情感揉進羅珊的心裏，羅珊一定比羅海滔更珍惜這個母親。

儘管樊森為經濟壓迫而心力交瘁，疲倦的她還是帶著期盼來到洛杉磯，大兒子羅海滔早已駕駛一輛白色平治到達機場迎接她。在樊森的影響下，今天的羅海滔也愛突顯派頭。

幾經旅途煎熬，在黃昏薄暮、落日低沉下她終於回到住所，看見急不及待開門的羅珊時，不禁被她骨瘦嶙峋的外貌怔住了。女兒見到母親，立刻撲往她的懷裏，身軀仍然抖動著，用哭壞了的嗓子嗚咽地說：「媽媽，原來在美國居住是要很堅強的，我不夠堅強，不能適應這裏，求你帶我離開吧！」聽到這話，樊森又怎會無動於衷呢！

長相跟哥哥羅海滔相似的羅珊，雖有著與父親同樣細長的眼睛，眼眉卻秀拔出眾。她那白晰的膚色和身段則遺傳了母親。自小已經懂事成熟的她，為人聰明又富於感情，乖巧得使人憐愛。她離開了母親，離開了一直由她照顧的弟弟，斷絕和爸爸的交往，然而卻沒有一個像愛護哥哥般愛護著她的薇姨，生活過得很不順暢，對母親過往對她所說的美國童話充滿種種疑問。

說到底，羅珊雖然人在美國，但是腦海仍常常生活在香港的過去裏。她覺得在美國缺乏情感基礎，加上言語障礙，她選擇自我封閉，甚至有自我毀滅的傾向。

當樊森領悟到這種突如其來的嚴重衝擊時，她明白要立刻變陣，必須暫時留在美國觀察，要花更多時間陪伴敏感的羅珊，要她徹底明白，只有強者方能站起來，懦怯者最終會被淘汰。

軟弱的羅珊，難道有別的選擇嗎？她唯有循規蹈矩地留下來，繼續做一個堅強母親的乖女兒，做一個有勇有謀哥哥背後的好妹妹。

（五）究竟我姓甚麼？

對於學識不多的樊森來說，她有一種與生俱來的求生能力，性格雖善變，卻又俱備某程度上的邏輯思維。她認為任何東西都逃不開它的宿命，上天把程灝帶進她的生命，為的是要把程國棟牽引到她注定的宿命裏。

當年她順從程灝的提議，把剛出生的小兒子程國棟從美國帶回香港。從此她對美國總是念念不忘，可能源於這地方瀰漫著當時程灝那份溫柔的愛，還有她對美國生活上的種種好奇和遐想。

無論往後怎樣走下去，樊森潛意識裏要把程國棟帶回美國定居。尤其當程灝拋棄她的那刻開始，她的意志更加堅定起來。她安排當時適齡入學的國棟入讀國際學校，以逐步實踐未來的計劃。

由於樊森英語程度欠佳，不時與學校出現溝通問題。有次在新年期間，她採用一貫疏財好辦事的方式，封了一個大紅包給班主任，險些因而涉及賄賂行為，校方有意報警處理，幸好最後校長給予她反思的機會，要求她參與為期一年的校內義務工作，並對她作思想輔導。

在參與義工期間，她認識了一位中國籍女教師。教師明白她除了平日要為溫飽奔波外，亦發覺她不懂處理與子女的關係。因此老師提議在週日課餘時間，義務當私人補習老師兼暫代監護人，負責跟進程國棟校內的功課，這回她可算是因禍得福了。

樊森一直沒有忘記腦海裏的計劃，只是這計劃因羅珊在美國的失控行為，被逼提早進行。在程國棟升讀小三那年，樊森把最後一個孩子都送往美國去。離鄉別井的羅珊，沒有因為多了弟弟作伴而暗自高興，反之，她再度要姊兼母職。

羅珊曾經這樣抱怨母親：「媽媽，將來我不想結婚，不想重蹈你所走過的路，要是結婚，我也不要孩子，照顧孩子實在太辛苦。照顧弟弟這麼多年，我已筋疲力盡。」

姊姊當然是心有不甘。她長期缺乏父母的愛，失去童年應有的快樂，又常常被人訕笑，有強烈的被遺棄感。她整天忙碌著，經營這個烏煙瘴氣的家，更談不上有甚麼理想。

不幸也同樣降臨在弟弟程國棟身上。其實他是個小可憐，他不及哥哥聰明自信，沒有姊姊那般任勞任怨；虛有一天比一天俊朗的外表，卻沒有一顆上進心。他終日沉醉在自己的音樂創作裏，卻未得到認同和鼓勵。可幸的是，他善良英俊，有音樂天份。在樊森的心底，她最疼的是程國棟，因為他長得太像程灝，連舉手投足都有他的影子，最重要的是程國棟身上流著她與程灝的血。

有別於哥哥和姊姊，程國棟連親生父親是誰也弄不清。他曾皺著眉問母親：「媽媽，究竟我是姓甚麼的，為甚麼哥哥姊姊和我的姓氏不相同呢？」自認堅強的樊森，一下子也接不上來。

當時翹起兩腿坐在沙發上的羅海滔，眼裏蕩漾著傲慢的神情，把一種近乎輕視的目光投向母親，他咕嚕地說了一句：「看！你把他弄成這樣。」樊森不敢回應，只是苦澀地笑了一笑。

那時的樊森，開始對羅海滔有點顧忌，她時刻在人前人後裝作最疼愛羅海滔，還久不久會痛罵國棟一番以虛張聲勢。雖然羅珊仍在她掌控當中，但樊森也不能讓羅珊察覺她有太多偏私，那是因為在照顧程國棟及一些家庭瑣碎事上，她仍要依賴羅珊。

雖然她心裏最疼愛是程國棟，但她的希望都是放在羅海滔身上，因為在某程度上，羅海滔能替她加添光彩。況且一直以來，羅珊很崇拜這個親哥哥，相互間存有共同進退的意念，她絕不能輕舉妄動。無論羅海滔如何在言語上刺激樊森，但看見這兩親兄妹，對程國棟還是照顧有加，心中也存著一點安慰。

（六）時勢造英雄

曹雪芹筆下的《紅樓夢》，人物圍繞「賈、王、史、薛」四大家族而寫，但主要是寧、榮兩府。書裏膾炙人口的角色，大多是十多歲的少男少女，如賈寶玉、林黛玉、薛寶釵等。

書中記錄了大家族從風華繁茂走向衰落，但當中人物，無不出色卓越。從各人所寫的詩詞歌賦中，可以體會到他們都是敏感憂傷、驕傲清高、叛逆執著，而又才華橫溢、洞察世情、看透人生的。

活在現代社會，對一個十來歲的小夥子來說，羅海滔應該過著怎麼樣的生活？是玩樂，是憂愁，是無牽無掛，還是肩負重任？作為樊森的長子，在他未成年之前，早已經像母親那樣，學懂如何「跑碼頭」，賺快錢。

抵達美國不久，在母親樊森穿針引線下，羅海滔已學懂怎樣賺錢幫補開支，於求學階段的那些長假期間，他會跑往中國，然後分批帶領一些當地的「有心人」，前往加勒比海一個小國領取當地護照，作為移民的踏腳石。在等候期間，羅海滔要全權負責這群人的安全、住宿及起居飲食安排。他當時可從每位旅客身上，獲取豐厚的酬金。

「這小子真棒，年紀輕輕，辦事卻妥妥當當。」樊森不時聽到客人這樣稱讚羅海滔，她亦覺得兒子有異於一般年青人的本領。

羅海滔在大學主修電腦，而且天生有商業頭腦。他就讀大學期間，已經在美國開設多間售賣無線電話及配件的商店，經營手法非常靈活，可隨時轉型以配合市場需求，增添商機，是適應能力強的進取型機會主義者。

畢業後，羅海滔以投資移民方式，創立了一間較大規模的電子及科網公司，不但聘請妹妹為旗下職員，更藉此替她延續居留權，還招攬了同期畢業的同學，分別擔任管理層及產品研發主管。

「你放下戒心給熟人插手生意，不怕人家吞了你的公司嗎？」樊森有點擔憂地問羅海滔。

「我有的是比他們優勝的頭腦，就是整間公司送出去，他們也無法經營。」羅海滔充滿自信地回答。

也許羅海滔沒有誇大，他的確有其個人之處。最令人出乎意料之外的，是羅珊那個正就讀醫科的男友，竟然棄醫從商，與羅海滔合作做起生意來。

在二〇〇三年香港爆發沙士疫潮期間，機智的羅海滔遊說母親：「現在樓價急跌，我們要趁機入市，這是個千載難逢的機會。」

「假如樓價一沉不起怎麼辦？」樊森存疑地反問。

「要是這樣的話，我會雙倍奉還給你。」羅海滔堅定地回答。

便是這樣，樊森變賣了美國部份物業，以羅海滔的名義，在香港黃金地段以超便宜的價錢，買入多間豪宅。不到幾年，物業價值飆升到令人咋舌，應驗了羅海滔獨到眼光。

儘管一直以來，她都以羅海滔為傲，可是漸漸地她對這個兒子有更多顧忌，感覺與他談話時也沒有往時的暢快。

有著積極思維的樊森，往往能扭轉逆境。回看不諳英語的她，能立足於美國並擁有事業，除了有其過人之處外，與機緣際遇不無關係。

在我們互相認識的時候，樊森已經取得美國認可的美容師資格。在美國考取美容師牌照，可以花額外金錢，聘請翻譯員全程在旁，明言是不容許提示答案，但有否暗示便不得而知。她利用這個專業牌照，在美國代理不少美容產品，令身家暴漲不少。

（七）一夢浮生

世事漫隨流水，算來一夢浮生。

初與樊森相識時，她已踏進第三段婚姻，也許還有些未公開的情緣。我從來沒有與她的第三任丈夫見面，只知道他們是在一個泳池派對中相遇。

在樊森經濟支持下，本是生活拮据的第三任丈夫，憑著小聰明和一張薄舌輕浮的嘴，沒多久在經營生意上聚積了一些財富。也許樊森又是所托非人，往後她很少再提及這位丈夫，亦從未由她的口中聽到任何讚美他的話。只知道這男子不時會在她子女面前羞辱她，子女們對他都是恨之入骨，尤其是羅海滔，彷彿把這男子的恨都連結到母親身上，那種帶著怨恨的氣一直在羅海滔的血液裏流動著。

人生幾回傷往事，高山依舊枕寒流。

可能樊女士有太多經歷，每次與她見面，都感應到她滲出的絲絲哀愁，面容上又不免露出孤獨甚至是倦厭的眼神，笑聲裏也察覺不到半點喜樂。

賣掉加州的豪宅後，她搬進了一所離我家不遠的酒店式公寓。可惜短途的距離沒有把我們關係拉近。雖然有時她會很主動找我聊天，但有時她會沉寂好一段日子，之後又突然在朋友圈出現。與她相處，難免窒息於這種難以捉摸的行徑中。

沒多久樊森又再度遷居，在她搬走的前一晚我作了最後探訪。大家說一些隔靴搔癢的話後我便告辭，我與她於離家不遠那道古樸小徑上道別，雙方的身影最後消失於暈黃的燈光裏。

雖說個人的去留不會影響他人的生活運作，地球照樣運轉，但往後不時經過她那舊居，對於居所背後的人事變遷和人生迅速變化，不禁泛起無限唏噓。

在之後的許多年，我一直沒有她的消息。有時我在想，大概彼此都不算是同一類人，最終也許會各走各路吧！在歲月無聲無息地溜走時，樊森的影像離我也愈來愈遠。不過，當你認為與某些人的緣分已到達終點時，又會在無可掌握的命運裏再度相遇。

那天在地球的另一邊，在香港熙來攘往的火車站內，我又遇上了她，那刻大家幾乎是擦身而過。

「樊森，是你嗎？」我忍不住搶先問。

「對！你還是以前的你，樣貌依然。」一直注視著我的樊森，很平和地回應。

站在樊森身旁是一位與她年紀相約，身材高挑瘦削、頭髮灰黑、皮膚蠟黃，披著波浪捲曲長髮的女士。那婦人手拖著一個穿著粉紅連身裙的短髮女孩，雖不十分確定，但女孩看來似是有智障問題。由於大家都是趕路，在交換電話號碼後便各自匆匆離去。

之後的一天大雨滂沱，本打算躲在家裏消磨一整天的我，在早上接到樊森的電話。

「太久沒有見面了，你方便出來一聚嗎？我很快將要離港，不知何年何日才會碰頭。」她說。

她那翹首期盼與我一聚的殷切語氣打動了我，最後決定應約。

雨仍然淅淅瀝瀝的下著，雨點打在地上把路面都蓋進水汪汪裏，我踏進那上海菜館時鞋襪早已弄濕，整個身子都不自在起來。

「哎喲！你冒著風雨也來應約，我可真夠面子啊！」樊森窩心地說。

「別客氣！我也很期待與你見面。」我急忙應對著，恐怕敏感的她有所誤會似的。

洞悉人情世故的樊森，知道我是冒著風雨前來，在我到達前她已經為安撫我的寒胃作了準備。剛坐下之際，一碗熱騰騰的蘇北土雞湯已端上來，還有我喜歡的香蔥魚、活剝河蝦仁、酒香豆苗等菜肴也紛紛上桌，最後還叫了沒有讓人失望的糯米紅棗糕。

在開懷大嚼的同時，我注意到樊森已失去昔日光彩，她舉手投足沒有以往的自信，一身素服的她腰間纏上粗大的錢袋，頸和手腕載上玉石裝飾物，看上去是多麼的庸俗。究竟以往高雅的她是真的，還是今天平實的她是假的？我又再度迷失在她多重人格之中。

「我現在的處境已不能與往日相比。」樊森說這話時雙眼泛紅，臉上掛有落寞失意的神色，我相信她是在說真話。那讓我回想起十多年前初訪她家的光景，可能她始終認為我是一個讓她放下戒心的聆聽者。

「最疼愛的人，也許是傷你最透的人。」樊森再繼續說，「我在港投資的所有項目本金及回報，大兒子一直都拒絕退還給我。雖然我並非無處容身，但也算是居無定所。」

在我與樊森失去聯絡的這麼多年，她的大兒子羅海滔已經成家立室並育有一女。羅海滔在結婚後不久，不幸患上鼻咽癌，之後決定回港醫治，並在何文田區買下豪宅作為居所，在那裏也預留一個小房間給樊森。

長期處於金錢瓜葛煎熬的樊森，對身患頑疾的兒子，立刻放下往日愛與恨的糾纏。在大兒子治療期間，樊森不理會媳婦對她冷言冷語及鄙視，搬進了何文田大宅的小房間，全心全意為兒子預備一日三餐，並悉心照顧。

也許兒子受病情影響，脾氣變得極端暴躁，對母親不但呼呼喝喝，還說了不少粗言穢語。樊森在金錢損失和精神受創的打擊下，仍堅持忍受著兒子在患病期間的諸多為難和百般侮辱。

「我真的要認命，我的命生得不好。」樊森這樣自我埋怨。以前她那份傲慢和自負的態度，已經無疾而終。

可能樊森一直沒有洞察玄機，所謂有其母必有其子，無論在營商或在感情的路上，母子倆的取態甚為相似，羅海滔也傳承了樊森的多疑善變。

在抗癌期間，羅海滔不單與母親關係變差，還與妻子感情破裂。及後在病情受控不久，他又發展一段婚外情，那女伴更為他誕下一個女兒，羅海滔又在跑馬地組織另一個家，樊森也允許偶爾在那裏留宿。

飯後樊森邀請我往跑馬地藍塘道的家走一趟，她需要收拾一些物品離開，我全程陪伴著樊森，她那感激的神色在眼波中不斷流動著。

我為她對我如此坦誠有所感動。雖然她多疑善變，但對我很多時卻毫無保留，也許她太少機會在人前真情流露，一下子急要把咽在肚裏的話向我吐出來。

臨別前，她托我在下次回美時，把一個滿載嬰兒用品的行李箱交給已有兩名孩子的女兒。她說她還要忙於人生大計，當天在火車站遇見的正是她妹妹，她們倆會一起在雲南經營開採玉石的生意。

曾說過我們大概都不算是同一類人，最終會各走各路便是這個道理。之後，我們都沒有再碰頭。我相信樊森不會就此停步下來，她還有她未完的故事。

我雖然欣賞樊森那種征服困難的毅力和勇氣，但說到底我還是猜不透她的心思。她那欲言又止的性格，始終沒有改變；她複雜的思想及善變的感情，給身邊人帶來了壓力和痛苦；她與子女的關係，依然處於不協調狀態，找不到解決的良方。

在我生命裏，沒有光輝或坎坷的遭遇，但不時會出現一些令我對生命有所啟悟的人，對我有著深遠意義。

代價

我認識璉蓮的時候，她大約三十歲，是越南華裔，到了美國已經有十多年。她個子瘦削，頭髮齊肩稀疏，下巴位置出奇地尖削，形成很不自然的瓜子面容，五官因面龐細小而緊湊在一起，啡黃的皮膚因過敏而變得不甚平滑；動過牙肉口腔手術後的她，牙齒排列依舊如昔，仍是原有又尖又黃的形貌，說起話來，細瞇的雙眼透著漫不經心的神態。最令人羨慕的，倒是她那吃不胖的窈窕身材，無論任何場合，她總愛穿上鮮豔貼身的衣服，配以幾寸高跟鞋，走起路來總是扭扭捏捏的模樣。

璉蓮來到美國時才十六歲，十多年後，她的英語水平已經不錯，在一間美國公司從事文書工作。由於精通越南語，偶爾在法庭擔任翻譯。她的中文水平不差，能書寫中文及講一口流利廣東話。未知是否與我開玩笑，她說從未上過中文課，所有認識的中文字，都是從看亦舒小說學來。若所說屬實，她確有語言天分，令我衷心佩服。

每年聖誕及新年前夕，她都會邀請包括我在內的幾十名越南好友，前往她位於美國越南埠的家中作客。她會毫不吝嗇預備各式各樣、美味絕倫的越南佳餚糕點招呼朋友，因而令我對越南牛肉粉及春卷以外的越南菜式，另眼相看。

在所有聚會中，璉蓮從未帶過男朋友出席，聽說她有持續與異性交往，在她每次返越南渡假或探親時，身邊也有不少無事獻殷勤的男士出現。

在十九年後的今天，我和璡蓮依然保持著聯絡，在不同文化背景下，要維持一段友誼，雙方需要堅持和懂得珍惜。她算是我在美國生活多年以來，其中一個重要人物。

與她多年交往中，難忘的回憶總是有的。

記得有一次，我因有急事需要開車往三藩市，車程大約是八百公里，行車時間約七至八小時。雖然大部份時間在高速公路上行駛，但中途必需途經廣闊的沙漠地帶，那些杳無人煙的公路兩旁，找不到甚麼清蔥樹木，乾燥的環境令植物難以生長，沿途景象因此亦變得黯淡無光。尤幸有那些生長在半沙漠地帶的風滾草，它們如草球般隨風在旱地滾動，為納悶的周遭環境平添一點氣色。

在連綿延不盡的康莊公路上，只有輪胎與地面磨擦的單調聲，孤獨感不禁油然而生，亦給長途駕駛者起了催眠作用。晚間縱使雙眼被逆線而行的車頭燈不斷閃耀著，也難驅睡意，駕駛者往往處於危機四伏當中而不自覺。

當時因我有輕微感冒，要連續駕駛七小時，擔心體力未足以應付。一向不願麻煩別人的我，首次開腔要求璡蓮與我同行，以便輪流開車減低交通意外風險，沒想到她一口便答應，我十分感激。

及後我才知悉，在回程當天，她與家人準備在家中為媽媽擺壽宴。身為孝順女的她，因要離家數天，唯有臨走前匆忙把所需食材預備妥當，但在事前卻沒向我透露半點。

那次我們行色匆匆，前後共花了少於三天時間。原本我打算在網上預訂位於柏克萊區內的一所座於湖畔的旅館，但璢蓮提議往她二姐家裏借宿一宵。

她的二姐家住奧克蘭（屋崙），位於三藩市灣區以東，是治安較差的區域，貧困人口不少，房價因而特別便宜。它是舊金山最大裝卸貨港口，亦是一個連接海運與鐵路的交通樞紐，因此有大量工人。他們大多是黑人或是拉丁美洲人，教育水平偏低，收入也較為微薄，容易受經濟起伏而影響生計。自二〇〇八年出現經濟危機後，就有大量工人失業而走上犯罪之路，因此該區治安在不斷惡化。

前往三藩市首天，日光在旅途中慢慢被蠶食，只有夕陽餘暉為我們引路。到達奧克蘭已是傍晚，璢蓮相約她二姐一家三口，於奧克蘭唐人街內一間酒樓用膳。那時正值中秋佳節，我在酒樓買了數盒月餅作見面禮。晚飯期間，她的二姐夫再三叮囑我們，切記把車輛盡量停泊於他家門前，以便縮短步行時間，還要將所有個人物品帶離車廂。

我們追問為何要有如此戒備，才知道事態頗為嚴重。原來兩天之前，他們的鄰居在回家途中，被站於路旁的黑人痛打一頓，其實沒有特別原因，那黑人聲稱是借打人發洩情緒而已。

璉蓮二姐的經濟情況欠佳，因此暫時只能棲身於此。難得前來相距八百公哩的奧克蘭，我理解璉蓮希望爭取更多時間與姐姐相處。由於屋內只有一間睡房，當晚我們便要當「廳長」了。璉蓮很善解人意，讓身型高大的我安枕於沙發，自己則睡在地毯上。

雖然我未有當「廳長」的經驗，但那天實在太勞累，我倒下頭便迷迷糊糊睡著了，當一覺醒來仍是睡眼惺忪之際，人家已經預備好一煲令人垂涎欲滴的海鮮靚粥，還不知在哪弄來幾條熱騰騰外脆內軟的油條。璉蓮姐夫是海鮮小販，原來他於我們到達當天，已預留了上等海鮮，因此粥料十足、鮮甜美味。在那次之後，我再沒有遇上這樣的一煲「靚粥」了。

第二天當我處理好私事後，與璉蓮在三藩市區內，草草吃了比薩餅，便連夜朝洛杉磯開車回家去。到達家門時，已是第三天的清晨。

璡蓮是我在美國認識的第一個越南華人，由於她的緣故，我陸續認識了不少越南人士，有些也成為好友。原來他們比香港人更注重中國節日，這些習慣令離鄉別井的我受惠不少。每逢佳節，我都會受到邀請，輪流往越南朋友家中作客，一飽口福。

越南船民問題一直困擾香港達二十五年之久。它源自一九七〇至一九八〇年間，止於二〇〇〇年七月十七日。香港結束最後一個難民營那天，累計接收高達二十萬船民，他們在經濟及治安上，為香港帶來沉重負擔。

一九六一年，越南爆發內戰，至一九七五年四月三十日，南越在北越及越共遊擊隊進攻下投降，越戰才結束。不少人對政權感到恐懼，紛紛往外逃亡，因而引發大規模的難民移民潮。

一九七九年七月，英國政府在日內瓦簽署了一項有關處理越南難民的國際公約，內容包括將香港列為「第一收容港」。與此同時，越共政府在越南多個城市，進行殘酷的種族清洗行動，令大量越南難民蜂擁逃至香港。在一九七九至一九八〇年間，已有超過十萬越南難民抵港。

有鑒於此，從一九八八年六月十六日起，香港政府實施「甄別政策」，以阻止大量越南人擁入。凡是因經濟問題而進入香港的越南船民，會視為非法入境者，將不會轉送第三國，即時遣返越南。

在「甄別政策」下，香港政府於一九九〇年代，開始對越南船民作出有秩序遣返，行動中包括自願遣返。可惜自願遣返的越南船民甚少，難民營內多次發生衝突，最後只能採取強逼遣返。

一九九八年一月九日，香港特別行政區政府取消「第一收容港」政策。不過，由一九七五年至二〇〇五年期間，香港已經收容超過二十萬名滯港越南人，雖然其後大部份獲外國收容，但聯合國難民專員公署欠下香港的十一點六億開支債項，至今仍未歸還。

由於以往越南難民在香港曾衍生不少治安問題，因此我對越南人的態度是有所保留的。在認識璡蓮初期，我刻意對她保持距離，我明知她想與我成為較熟絡的朋友，但每次在聚會相遇時，我也避免與她目光交接，無可否認我對她如何來到美國也相當好奇，亦想多點了解，但理性總是麻醉感性，叫我把那份熱情壓抑著。後來在漫長的歲月中，我們才漸漸走近。

我曾於璡蓮家作客多次，她的家位於加州中部一個越南社區，地段及環境不算好，家居布置也很簡樸，屋前沒有漂亮的前園，而是鋪上一條由馬路旁邊延伸入家門的三合土小路。

她那簡樸的居所內，劃分有小型客廳和飯廳區，鋪有膠地板的飯廳連接著一個簡陋的開放式廚房，一部五十多吋的電視機置於客廳中央，客廳兩旁擺放了十多張摺椅和一張縮於角落的小型沙發。牆上掛滿陳年舊照，紅紅綠綠的塑膠花又胡亂插在不適當的位置。後園更是凋零，破爛木板圍牆上的小孔無所不在，圍板黏附著枯死的莓苔；園內放置著落上厚厚灰塵的棄置箱櫃和板凳，灰塵上清晰地留下枯葉的點點足印。

璉蓮到達美國時才十六歲，雖然當年她的父母仍屬壯年，但他們到達美國後隨即報大年齡，以便領取較多社會福利津貼。他們一家七口能夠來到美國定居，全賴改變他們一生命運的舅父。

未知是否因為生活上的顛簸掙扎，我初次接觸璉蓮舅父時，他的脊背已經微微隆起，瘦削的臉上堆滿了皺紋，兩道濃濃的黑眉毛下有雙細瞇瞇的眼睛，眼睛下是不甚協調的大鼻子，鼻子下是兩片厚厚嘴唇。中等身型的他有著寬厚的胳膊，說起話來聲如洪鐘，雙手總愛交疊在腹部，樣子有點兒木訥卻充滿自信。

難得初次見面，璉蓮舅父應我的要求，把投奔怒海的經歷向我娓娓道來。

在一九七九年，身為越南軍人的舅父，對越共政權失去信心，更因軍中收入微薄，生活艱辛難以糊口，當年仍是單身的他，毅然決定遠走他方尋求出路，爭取自由。

據他描述，那時在越南軍人當中，秘密成立了一個組織，商議發動海上逃亡，找來大約可容納二百多人的漁船，逃亡者除了軍人外還包括平民，平均每人需付上一至二両黃金。當時在沒有先進通訊器材下，聯絡的方式是要逐家逐戶上門，秘密以口傳互通消息。

在投奔怒海的過程中，舅父並非絕對孤單。他協助一名外甥及一名侄兒逃亡，由於與組織有點兒關係，三人只共付三両黃金。在月黑風高之夜，他們分別帶著簡單行李和乾糧，把少量金粒纏於腰間，躡手躡腳地登上破舊的木船。那些來自四方八面的偷渡者，氣喘吁吁地躥進擠迫的船艙裏，額上無不佈滿黏膩油汗，在濕霉和昏暗燈影下，船民的臉像糊上了厚厚的油漆，每個人的面孔，在他人的眼裏都顯得模糊不清。

在驚濤駭浪的航行中，破船不斷搖搖晃晃，茫茫大海盪漾著永無休止的颯颯風聲，與那群飛鳥的撲棱聲交替著。深夜裏寒氣迫人，船倉像四面漏風似的，令人牙骹打顫、下齶彊硬、渾身發冷。沒有人能估算何時是漂流的盡頭，儘管那腸胃咕嚕嚕地響著，甚至腹中痙攣，都寧願忍受飢餓折磨，灌一口涼水，也不願啃一塊珍貴乾糧。各人無時無刻都處於作戰狀態中，儘管那眼睛睏得如何都睜不開時，也非要睜開不可。

在每次狂風暴雨過後，總會找到額頭流著鮮血的人，偏偏那些血淚兒又不聽話似的，熱烘烘地往嘴邊、頸項、胸膛流。調皮的太陽恍似也要來湊熱鬧，從東邊的地平線上，冉冉冒出一線似血的紅邊，它在沉默中出來，像要撫摸傷痕斑斑的船民，用它那沉默的溫柔，溫暖每一個人的心坎。

破船在豔陽高照和閃爍扎眼的光線下，在神秘的海洋上繼續前進。當漁船途經泰國海域時，不幸遇上揮舞著胳膊、手起刀落的海盜，他們猶如猛禽入林，老虎出洞，令船民鴉雀無聲，伏地求饒。生與死之間的蔽障正在拆除，死亡的感覺像無形的擔子不斷加深。船上千萬恐懼的眼睛射出了絕望的光線，沉重的憂慮和驚恐，像石頭般壓在每個人的心頭。當子彈在腦袋邊橫飛之際，所有人都乖乖把攜身金器及錢財掏出來，正當海盜對船上的婦女有所行動時，幸好有巨型商船經過，逼使海盜落荒而逃。

一夜間，舅父本已蒼白的臉，長出更多花白的鬍子來，頭髮亂如蓮蓬，如乾草般枯萎；眼裏藏著許多淒涼的神情，失去出發時那肯定的光輝。他變得沉默，沉默裏含有憂鬱和悲苦，苦於有話無處說，苦於有話說不出。

在驚心動魄的洗劫後，船倉變得蒼涼，所有人的意志力都消沉下去，絕望裏夾雜著憤怒和悲哀。

遇劫後的漁船仍然繼續行駛。經過四日三夜後到達了泰國邊境，在未及登岸前漁船已被軍隊包圍，強令全船人員立刻上岸，並禁錮所有難民於一個密封式的貨倉，接受連番盤問。所有人包括女性在內，要當眾脫光衣服接受身體檢查。盤問過後，軍人隨即以武力驅趕所有越南難民返回船上，強行將漁船拖出公海，誰料漁船在灘上擱淺，難民因此乘機發難，毀壞並放火燒船，泰國政府無奈要接收所有船民，以臨時性質暫安置於泰國邊境。

在等候其他國家接收期間，難民會滯留在泰國兩個月至一年以上。據舅父憶述，由於他曾當過軍人，因此美國政府優先接收了他，等候期只需三個月。除了軍人，若屬法越或美越混血兒，同樣會受優先接收。

舅父的侄兒和外甥並非軍人出生兼英語欠佳，便有著不一樣的命運，若要等候美國收容，他們必先往菲律賓學習基本英語半年或以上。有鑒於此，高大黑黝的侄兒和粗獷健碩的外甥，決定前往等候期只需兩至三個月的西德。這雖是意料之外，大家無奈也要接受人生的分道揚鑣。舅父心裏清楚，叔姪甥之間的感情，日後隨著時間與環境的改變，親密關係將不再一樣。

心緒不寧的寒氣，每個晚上總會在舅父全身擴散，絲絲希望的曙光總被現實的困難驅散，心中那些遠大理想，像一片白茫茫的荒原那般寥遠空蕩。

當舅父從泰國軍方手上，接到包括自己在內的放行名單，他的牙齒禁不住顫抖起來。他使勁憋住快要從眼窩裏滾出的淚水，內心那股熱烘烘的氣流直往上衝，整個身軀在激動下搖搖晃晃。

沒多久美國政府派專機往泰國，接載指定的難民離開，直接飛往首都華盛頓，隨後把機上難民轉送到不同的收容所。沿路上，疲憊不堪的難民，眼裏無不閃爍著好奇的光彩，臉上綻放著充滿生機的笑容。他們誓要忘掉所有辛酸往事，要在這片從未踏足之地，留下自己的輝煌歷史。

與舅父同機的其中五個難民，被送往當地一所教會，報到及核實個人資料後，再被送往附近一間殘舊的旅店居留。他們必需每天到教會報到，報到後每人可獲發美金三元，作為每天的生活開支。

軍人出身的舅父，有感於「吾身可滅，而吾志不可奪」，每天受人施捨三元，並非他冒死投奔怒海、追求理想的原意。他心裏再次產生在船上那空空蕩蕩的感覺，內心發出哀鳴，比在船上所發出的還要淒涼。他質問自己，難道從此要無止境地過著這種落魄的生活嗎？他曾有過一剎那的念頭，希望自己從未離家出走。

歲月如白駒過隙，轉眼已過數月，他對生命的留戀和熱愛都快要磨滅，心裏總感到孤獨與寂寞。本來已相當瘦削的舅父，臉上又增添了無數疲憊的皺紋。他主動向教會尋找協助，在教會推薦下，他獲批前往馬利蘭州，開始當門窗廠工人，時薪二點七五美元，活動從此不受限制。

有了工作，舅父的體格強壯起來了，可是精神卻一天比一天萎靡。在馬利蘭州的華人佔極少數，由於工作地點的治安較差，他又不諳英語，每天除了依靠身體語言來應付日常工作外，其餘時間都是躲在狹小的房間裏，一天也說不上兩句話來，恐懼漸漸使他的語言能力消退。

工作了四個多月，在一位越南員工的引薦下，他再轉往加州一間壁爐廠工作。

雖然只有時薪三美元，但生活與工作環境都比馬利蘭州好。最重要的是加州比較多越南人聚居，舅父的心願是在生活安頓後，盡快申請身處越南的親人來美定居，為他們提供一處立命安身之地。

命運似乎沒有厚待他。工作不到一年，因壁爐廠生意不佳，他被僱主辭退。後幾經努力，在主動減薪及延長工時的情況下，他成功爭取了一份鋼鐵廠的技工職務，然而卻因為在工作上與一位白人發生爭執而再被辭退。

在那段苦不堪言的日子裏，他的窘相難免顯露出來。那時他特別懷念故鄉，懷念那裏塵土飛揚的公路，懷念家徒四壁的居所和那蕭索的荒村，懷念在夜裏嗚嗚叫喚著的昆蟲，懷念所有曾經對他好的人，亦懷念以往曾經怨恨的一切。他開始後悔離鄉別井的決定。

當他清醒過來，明白一路的堅持不能因剎那的念頭而抹殺後，他收起了悲涼的心態。在淚眼裏，在朦朧的視線中，他彷彿又看見太陽通黃的光線。抬頭仰天，加州晴空萬里，太陽溫和地照耀著他，涼風輕撫他的臉龐，拂拂吹動他斑白的短髮。對他而言，欠缺的並非物質生活，而是自新、勇氣和希望。

不久舅父在一所大型的越南超級市場找到了一份散工。越南超市所售賣的食物，價錢比美國超市便宜一半之多，大部份直接來自越南，食品與日用品應有盡有，很能迎合當地越南人的口味。

越南人很懂經營生意，越南食品店雖種類繁多，劃分卻很仔細。例如七味牛肉店內，不會售賣七味魚或其他菜式；在七味魚店內，也不會售賣七味牛肉。越南湯粉與撈粉亦包羅萬有，各有各的專門店，以迎合不同人士的口味。每次客人光顧湯粉店，店員都會送上一大碟羅勒、薄荷葉、芽菜、青檸和辣椒等新鮮菜蔬，令客人大飽口腹。

越南法式麵包在當地也很受歡迎，有些款式亦會稍作改良，以迎合美國人口味。至於獨一無二的越南咖啡，由於加入煉奶，大多只受越南或亞洲人追捧。越南有多種著名糕點，例如外皮透明兼彈牙、內餡是綠豆沙和椰絲的夫妻糕，還有綠豆糕、榴蓮餅、斑蘭糕等等。

至於越南糖水，是源於越南草根階層的街頭小吃。最受歡迎首推越南清補涼，其次便是椰汁粟米羹和椰汁眉豆糯米羹。越南人口味偏甜，喜歡在飯後吃一碗甜滋滋的糖水。由於越南糖水及甜品大多加入椰槳，比較飽膩，與廣東人推崇的滋陰清潤不大相同，因此主要食家還是越南人。

越南人有他們樂在其中的歡樂天地。聚居在越南埠的越南人，除了光顧地道小店外，上了年紀的喜歡光顧那些設有舞池、並有歌手長駐表演的餐館。別小看這批年過花甲的人士，他們服飾打扮講究，以輕盈體態在舞池翩翩起舞，衣袂飄飄、神形兼備。男的姿態曼妙，女的婀娜多姿，在舞池眉目傳情。

有時興之所至，餐館的客人會點唱，或是上台高歌一首。很多廣東流行歌曲，也改寫成越南歌詞，廣泛傳唱於越南，或海外越南人的聚居地，〈上海灘〉便是其中一首名曲。

人生的變化雖那麼迅速，但一個失意的人不會永遠失意下去。憑著不屈不撓的精神，舅父終於找到一份售賣飛機零件的工作。沒有人認真教導他工作上的知識，他要比別人更勤奮努力，要比別人更頑強。他明白要認真生活下去，就不能有太多反抗，要逆境自強，要改變生活，改變命運，要忍耐和忍受。

最縈繞舅父心頭的，是肩上還有那些曾對別人的承諾。承諾像是一道泉源，推動他傾注全副精神在工作上，使他在犧牲中找到滿足。他邊學邊做，順著眼前唯一出路繼續走下去。就這樣，他在這間公司一待便待了二十多年，直至六十八歲才正式從工作上退了下來。

我佩服舅父，一個多麼有情義的男子漢。他把努力所得的成果毫不吝嗇地惠及整個家族。當年他到達美國三個月，便開始尋求教會協助，於一九八〇年入紙申請仍身處越南的幾個家庭來美。終在一九八五年，所有申請得到美國政府通過，璉蓮一家及其他家庭，終於在一九八七年成功抵美。及後舅父連聲說幸運，因為據他所說，美國政府於一九八三至一九八四年間，已經拒收在禁閉式難民營居住的越南難民。

幸運不等於幸福，幸福也非必然，但舅父在怒海中抓緊了幸福的機會。在難民船上，舅父認識了一名越南女子，那女子選擇投向較快接收難民的法國。因為在法國當地，那女子可以投靠早前已被法國政府接收的親人。離別前，女子給舅父留下親人在法國當地的地址。許多年後，他們終於排除萬難，結為夫婦，育有兩名兒子，在美國落地生根。從沒有領取美國救濟金的他，只靠一雙手在異鄉打拼，終可安享晚年。

我認識璉蓮的時候，她已經來了美國十四年。在交往最初十年，我從未見過她的男朋友，俗語所說，只聞樓梯響，不見人下來。後來她往返越南的次數開始比過往頻密，並向我提及，在越南認識了一些男士，其中有兩位印象特別深刻。

那兩位男士都來自越南窮鄉僻壤，同樣對她溫柔體貼、呵護備至。四十多歲，未知有否談過戀愛的璉蓮，在這一段日子裏完全沉醉在了無止境的幸福中。

沒多久她決定了婚姻對象，是四十歲的阮文成。兩人先在越南註冊結婚，璉蓮再在美國找律師為對方辦理移民申請。

阮文成個子不高，站於身型驕小的璉蓮旁邊看上去也算匹配。他身型瘦削結實，寬大胳膊倒也嚇人，他方闊的臉龐像一塊壓扁的啡黃柿餅，乾啞的皮膚在談笑間擠出不少皺紋；濃黑頭髮遮蓋著狹窄的前額，神情與眼神總是不自然，顯得忸怩作態。尖削的下巴上是薄薄的嘴唇，說起話來口齒清晰伶俐，這應是最吸引璉蓮的地方。

在申請入境期間，阮文成不斷在電郵傳送濃情悄語，弄得璉蓮未看及一半，臉上便泛起紅暈，為他牽腸掛肚。她恨不得阮文成立刻飛到身邊來安撫她。

阮文成在璉蓮傾盡人力、物力、財力的安排之下，終於如願以償來到美國。到達後他異常興奮，對璉蓮言聽計從。在女方安排下，他們在越南埠一所豪華酒樓大排筵席，舉行了盛大的婚宴，當晚阮文成在眾賓客面前跪謝璉蓮雙親，承諾終身不負璉蓮。岳丈岳母對這位東牀快婿亦相當滿意，有感女兒在這樣的年紀還能找到如意郎君，是前生修來的福氣，一切花在阮文成身上的金錢也值得。

婚宴落幕，應是春宵一刻，阮文成返回女家卻倒頭便睡，沒有半點憐香惜玉之心。為愛郎費盡心思的璡蓮，還替他找到最佳冷落她的藉口，認為是過勞之故，並為他奔波勞碌一整天而心疼不已。

在往後的日子裏，阮文成並沒有滿足。他不是不滿住的，便是埋怨吃的，埋怨已經成了他的家常便飯。真是莫名其妙！難道在美國的日子會比在越南還差嗎？

為避免家中永無寧日，更不想同一屋簷下的父母憂心，璡蓮千方百計鼓勵阮文成學習英語，讓他考取「修甲師」文憑，更協助他於越南埠一所美甲店找到工作。在他正式投入工作之前，為了滿足愛郎的虛榮心，生活拮据的璡蓮不但為他購買一部二手平治代步，幾乎阮文成所有要求，璡蓮都一一答應。

手持美國綠卡，開始往外跑的阮文成有了隱定收入後，漸漸認識當地不少當地越南人，對有關美國居留或人權法有進一步了解。自此他的本性漸露端倪，氣焰囂張自大，除了三天兩日不回家外，行事作風亦不容別人過問。

抵美以來，阮文成依然沒與璡蓮有任何親密行為，在牀上只採取敷衍態度，或借故太累倒頭便睡。盲目的愛情最是可怕。

阮文成對璡蓮及家人的冷漠態度，令身邊的旁觀者一致認為這是沒有愛情的婚姻。力勸無效，璉蓮的家人只能保持緘默。直至一個晚上，傾注了全部感情的璉蓮才如夢初醒。

那一晚，男的如常飯後洗澡，可是他忘了登出剛埋首的電腦。璉蓮被螢幕上一個女性名字所吸引，她趕快看了一眼，心裏有些不快，又細看多眼，終於發現了一篇又一篇的情書。

最難接受的，是璉蓮發現阮文成在同一時間與多名女子周旋。這個晴天霹靂的發現，令她無法安寧。她趁阮文成白天上班的時候，找人破解他的電腦，發現了更多他的秘密。終於璉蓮不得不承認，整個婚姻原來是一個大騙局！

永遠不可期望一個惡劣的人有回頭是岸的想法。男的被揭發後，不但沒有悔意，還駕駛著璉蓮用血汗錢買回來的平治，連夜往別州揚長而去。他深知此刻不可離婚，若有任何差池必會影響他日後在美國的居留。

不常哭泣的璉蓮，此刻傷心欲絕。那段用金錢買到的所謂幸福，一眨眼便過去。好一段日子，她依靠著回憶過活。

在越南人圈內，璉蓮斷斷續續得到阮文成的消息。聞說他在別的州份和一位越南女子同居，並開設了一所小型修甲所。多年後，阮文成主動透過律師申請離婚，正式結束長達十年有名無實的婚姻關係。

當簽離婚紙那刻，璉蓮一揮而就。她驚覺於以往盲目的愛，而忽略了做人的意義，心底不禁高叫一聲「好」。她還想證明給一直小看她的人看，她已經灑脫地放下了這段感情，不但不把阮文成放在心裏，而且還大方地原諒了他。

事實上璉蓮從談戀愛到婚姻結束，並未與阮文成發生過任何親密行為，亦從未燃燒過愛火，談不上刻骨銘心。想他的念頭，往往瞥一眼便略過，只是氣難消的痛楚始終難以痊癒。這在別人眼中，當然匪夷所思，但明眼人也不難理解箇中那說不清的道理。

經歷此段失敗婚姻後，璉蓮便一改常態，拒絕再與別人分享感情之事。最近，她又開始越南之旅了。

本創文學 52

走過那遙遠的路

作　　者：荷　悅
責任編輯：黎漢傑
封面設計：LoSau
內文排版：多　馬
法律顧問：陳煦堂　律師

出　　版：初文出版社有限公司
電郵：manuscriptpublish@gmail.com

印　　刷：陽光印刷製本廠

發　　行：香港聯合書刊物流有限公司
香港新界荃灣德士古道 220-248 號
荃灣工業中心 16 樓
電話 (852) 2150-2100　傳真 (852) 2407-3062

臺灣總經銷：貿騰發賣股份有限公司
電話：886-2-82275988　傳真：886-2-82275989
網址：www.namode.com

新加坡總經銷：新文潮出版社私人有限公司
地址：71 Geylang Lorong 23, WPS618 (Level 6), Singapore 388386
電話：(+65) 8896 1946　電郵：contact@trendlitstore.com

版　　次：2021 年 11 月初版
國際書號：978-988-75759-2-4
定　　價：港幣 82 元　新臺幣 250 元

Published and printed in Hong Kong

香港印刷及出版